ABOIO
VOLUME 1 - VOZ
janeiro 2023

Voz

impressão do corpo

VOLUME 1 - VOZ
janeiro 2023

Voz

impressão do corpo

ORGANIZAÇÃO
Camilo Gomide
Leopoldo Cavalcante

ABOIO

VOLUME 1 - VOZ

janeiro 2023

ORGANIZAÇÃO
Camilo Gomide
Leopoldo Cavalcante

ASSISTENTE EDITORIAL
Luísa Maria Machado Porto

CURADORIA
Anna Kuzminska
Arthur Lungov
Camilo Gomide
Leopoldo Cavalcante
Luísa Maria Machado Porto
Marcela Roldão
Marcos Vinicius Almeida

PREPARAÇÃO
Arthur Lungov
Marcela Roldão

PROJETO GRÁFICO
Leopoldo Cavalcante

DIREÇÃO DE ARTE
Victor Prado

ILUSTRAÇÃO DA CAPA
Bárbara Serafim

PRORIEDADE
Editora Aboio

EDITORA ABOIO
R. Antônio Carlos, 582 — 1º Andar — sala B
Consolação — São Paulo, SP — 01309-906
editora@aboio.com.br
www.aboio.com.br
Tel.: (11) 91580-3133

editorial 10
Camilo Gomide e Leopoldo Cavalcante

[símbolo]
LDVC DMNQ

como as ciganas fazem as malas 18
Mariana Cardoso Carvalho

inútil
Isabela Righi

missô 26
Pedro Torreão

demônio azul, exorcismo noturno
Marcvs

vasto mundo de Pedros 36
Dan Porto

sem título 2
Fernanda Gontijo

ver e falar em Berlim 54
Leonardo Zeine

marcha das Amélias
Anny Lemos

lego 72
Samara Belchior

pulsar do prazer aprisionado
Geovana Araújo Côrtes Silva

alerta 80
Dheyne de Souza

depois do fim
Fabiano Guimarães de Carvalho

não estamos sós 88
entrevista com Jeferson Tenório

cidade cinza 23
João Rocha

a voz do silêncio Nabylla Fiori	102	**silêncio** Geovana Araújo Côrtes Silva
o que ressoa é o fosso dessa voz Carlos Orfeu	110	**silêncio** Geovana Araújo Côrtes Silva
o jantar André Balbo	116	**i wanna belong to the living** Nina Horikawa
estudos carnavalinos Raphael Paiva	124	**quando era noite** Bárbara Serafim
aranha Lara Duarte	134	**goela** Joana Uchôa
peia Anny Chaves	144	**silêncio III - penélope incendeia o sudário** Thay Kleinsorgen
onde Gabriela Naigeborin	148	**as pedras cantam em silêncio** Guilherme Gurgel
encantar o fumo Lari Nolasco	154	**as pedras cantam em silêncio** Guilherme Gurgel
o manual operacional de telemarketing Keichi Maruyama	158	**quando estou em silêncio vejo as coisas gritando** Vitória Porto

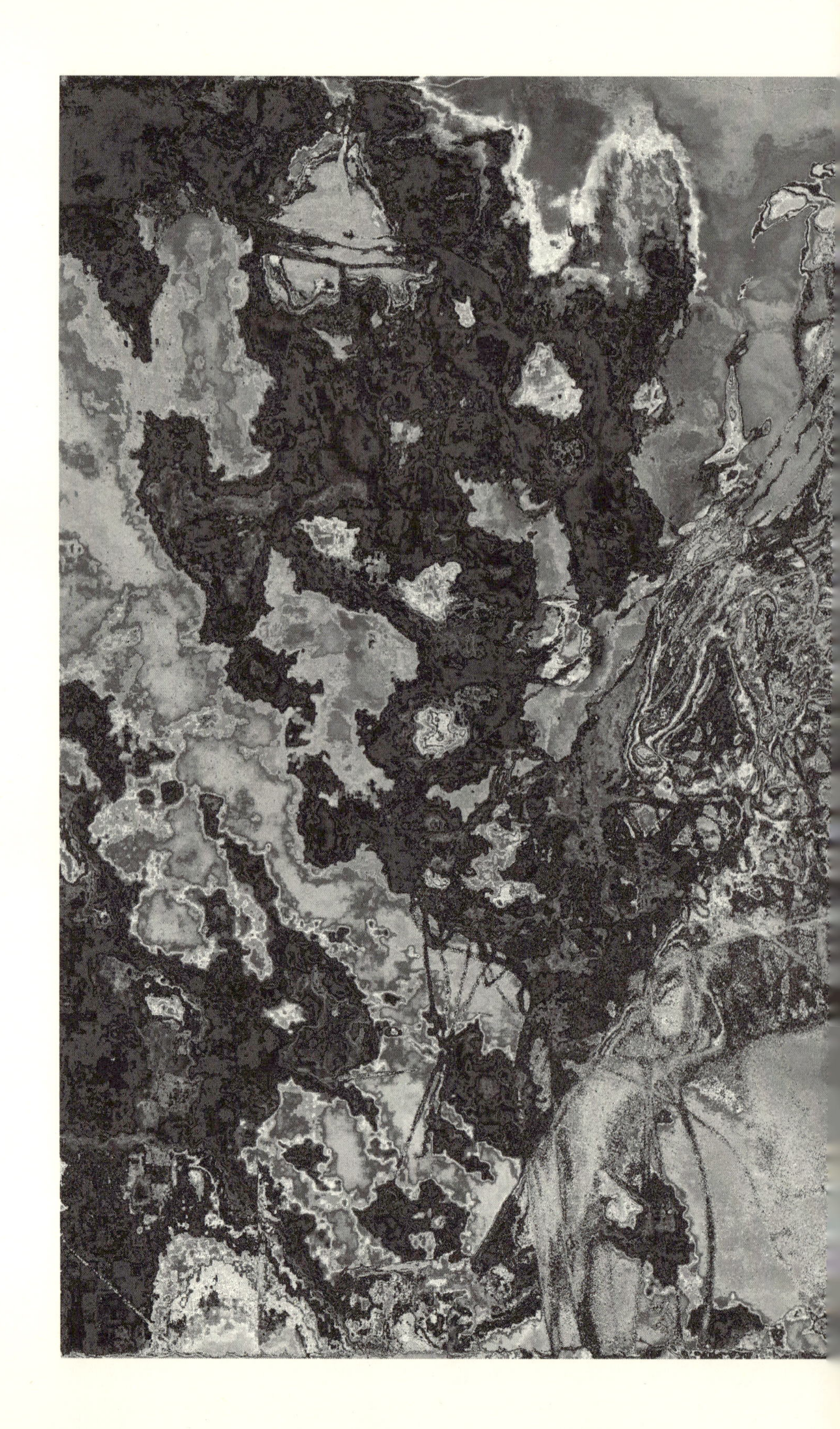

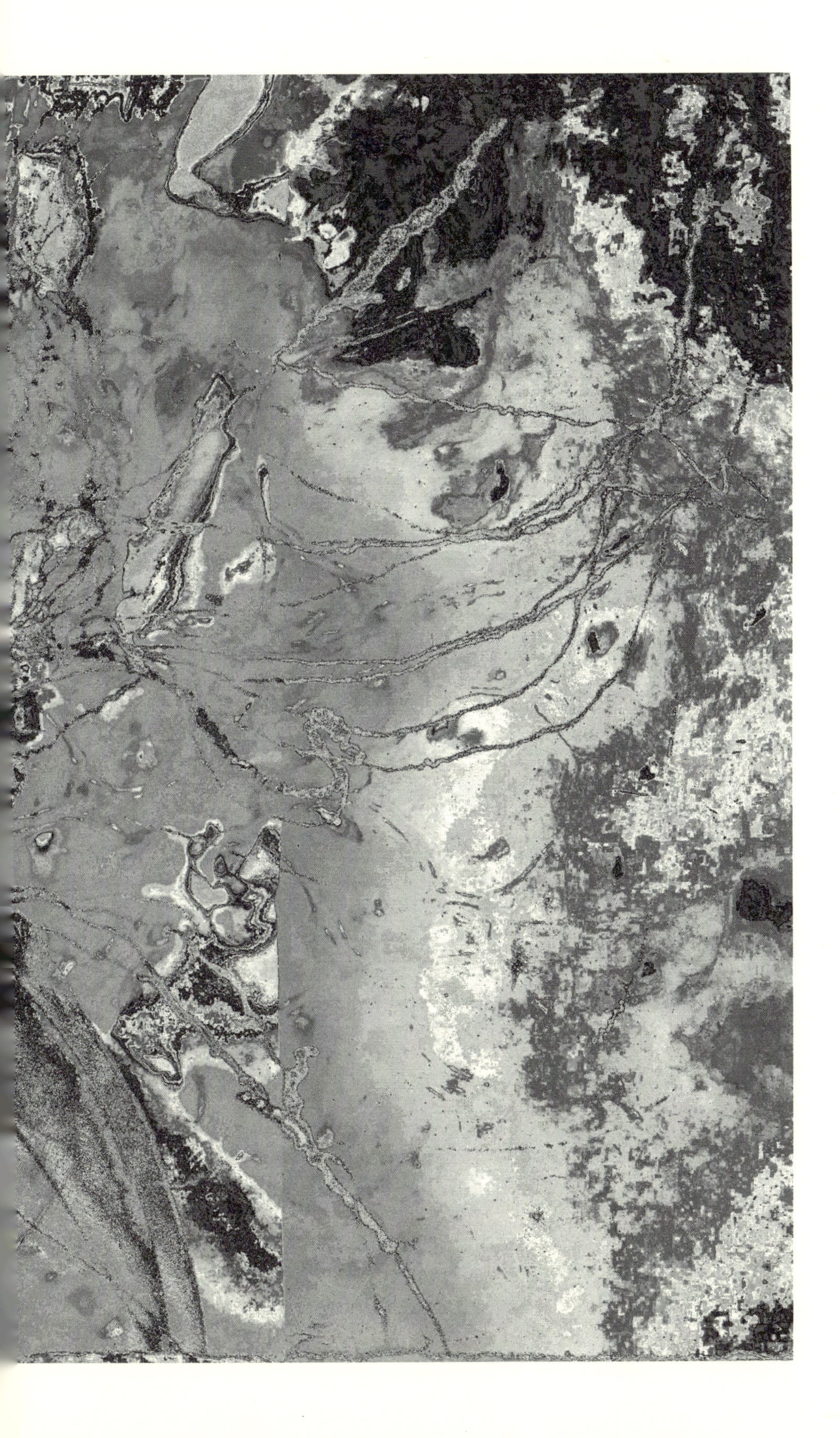

editorial

Desde o nascimento do portal, em meados de março de 2020, semanas antes da propagação da pandemia de covid-19 no Brasil, formulávamos uma estreia em suporte físico, que fizesse coro à pungente cena independente das artes em nosso país.

O avanço da pandemia, as muitas complicações internacionais, os desmontes mil e as inúmeras pedras no caminho nos forçaram a mudar o percurso. Dançamos conforme a música e fincamos raízes no digital. Nos últimos dois anos, partilhamos trabalhos de todos os estados brasileiros e ainda alcançamos entusiastas em outros continentes. Coletivamente acuados, afinal, cantamos em coro. Com orgulho (e certo assombro) vimos a **ABOIO** se tornar uma comunidade formada por pessoas das mais diversas origens.

Para o primeiro volume impresso, queríamos trazer essas diferentes vozes para refletir sobre um mesmo assunto. Um ponto de partida em comum que se desdobraria a bel-prazer. Dentro de todos os temas levantados para marcar a primeira edição desta revista **ABOIO**, a Voz consolidou-se como a escolha mais apropriada.

Antes de morrer, Italo Calvino trabalhava num livro sobre os cinco sentidos. No conto dedicado à audição, *Um rei à escuta*, Calvino narra a angústia e a paranoia de um rei que se arrasta pelo palácio tentando ouvir conspirações por trás das paredes. Ele então se depara com uma voz. Uma voz familiar. Uma voz que é a própria materialização de uma pessoa, "a vibração de uma garganta de carne".

A voz é uma impressão única produzida pelo corpo. Não se escapa da própria voz. É ela que revela o que temos de mais verdadeiro e oculto. Limiar entre a matéria e o espírito, a voz é a nossa ponte entre a carne e a linguagem. Na definição do narrador de Calvino, "Uma voz significa isso: existe uma pessoa viva, garganta, tórax, sentimentos, que pressiona no ar essa voz diferente de todas as outras vozes".

No total, recebemos 210 trabalhos abordando o tema. Nas artes literárias, avaliamos textos mais tradicionais, outros líricos, alguns misturando idiomas, até escritas não-criativas e experimentações transtextuais, passando por ensaios metalinguísticos e acadêmicos. Nas submissões visuais, tivemos fotografias, ilustrações, colagens, *happenings*, quadros neo-expressionistas e muito mais. Semanas de árduas discussões resultaram nesta seleção de 29 obras, que servem como um mosaico da produção contemporânea.

O resultado confirmou nossas expectativas e nos surpreendeu ao mesmo tempo. O conjunto das obras avaliadas em duplo-cego é diverso, rico, experimental, clássico, estranho, familiar, obscuro e vibrante. As vozes presentes nesta coletânea formam um corpo elástico e vivo, com as texturas, as cores e os cheiros dos rincões e das cidades do Brasil (e do mundo) de 2022.

Fruto de seu tempo fraturado, esta revista está recheada de apropriações inventivas e inusitadas do tema. Da voz fez-se carne, imagem, fumo, pedra, faca, bicho, goela, carnaval, fosso, alimento, prazer e silêncio. Esperamos que, assim como nós, vocês se deixem guiar e perder pela imensidão dos coros que compõem esta primeira edição impressa da **ABOIO**. Agradecemos a confiança em nosso trabalho e por estarem conosco nesta caminhada. Por fim, que sigamos adiante, sem nunca esquecer que o canto é conjunto. ✪

Camilo Gomide e **Leopoldo Cavalcante**

em ordem de aparição

série stratum singulus

LDVC DMNQ

LDVC DMNQ nasceu sob o espelho 1991. é 1 artista da terra apelidada brasil, especializado na de-especialização da vontade mercantil: atua expressões em várias técnicas, da pintura à gravura à fotografia à colagem ao desenho ao som ao vídeo, pois há fogo no rabo, água nos olhos, ar na cabeça e terra nas mãos. é amante dos véus pois beleza e deformação pendulam da mesma corda.

como as ciganas fazem as malas

Mariana Cardoso Carvalho

em ordem de aparição

inútil permissa **sem nome** dentro **ouriço**

Isabela Righi

Mariana Cardoso Carvalho nasceu no verão de 1997, em uma rua cheia de sibipurunas e bem-te-vis da capital mineira. É professora e historiadora formada pela UFMG, atriz pelo Teatro Universitário e atualmente cursa Jornalismo na UFRGS - transitando entre Belo Horizonte, Salvador e Porto Alegre, gosta de andar Brasil afora. Lançou seu primeiro livro em 2021, **Nos teus quadris de parideira** (Editora Urutau), e tem publicações em veículos literários nacionais.

Através do desenho e da pintura, **Isabela Righi** (1998) coloca reparo nas pequenas extensões do corpo e de suas relações; são os gestos, os objetos esquecidos, as tralhas do cotidiano que dizem sobre quem passou por ali. Professora de crianças pequenas e grandes, encontra na docência também um fôlego de pesquisa, busca e falta de respostas.

18

O léxico das guerras é duro, mas Waterloo é uma palavra diferente. Parece de comer. Lembra qualquer coisa viscosa, com mel na última sílaba, que se deita sobre um bolo e desliza macio pelas laterais. Eu jamais correria o risco de falar em voz alta algo assim, feito sob medida para o deboche, embora os livros didáticos me dessem vontade de rir e levassem a imaginar canhões de açúcar explodindo na minha receita, puf, ingleses, puf, puf, franceses. Aos treze anos, com austeridade de matrona, uma certeza orgulhosa me garantia que confeitaria e morte não se misturavam, que não havia leveza ou tom pastel possível diante da visão de um corpo vazio. Ainda que fosse a morte de um homem anônimo, muitos ontens atrás. Ou mesmo que fosse a da tia Helena, tão fresca na fachada dos meus olhos. Batalhas, no fim das contas, me faziam pensar não nos campos cheios de lama onde napoleões planejavam a manhã de seus ataques, mas no quintal da nossa casa, meticulosamente limpo, pronto para abrigar toda sorte de desastre.

Vou cantar *Waterloo*, anunciei aos primos que configuravam o karaokê e tratei de decorar o código da faixa. Vou cantar *Waterloo* depois do Beto. Em uma família dedicada a modas sertanejas e *hits* românticos do Fábio Júnior, ir até a máquina e escolher ABBA ou qualquer melô estrangeiro era um triunfo íntimo. Uma maneira de transpor as ruas pobres do bairro e realçar meu desejo de distância. Apenas adolescendo a arrogância é perdoável: é preciso saber inglês, eu intuía, inventar um novo vocabulário, querer pertencer a outro tempo, negar o jeito caipira de pronunciar porta, porteira, portão, ter autenticidade. Chegava a imaginar que morria e alguém suspirava no meu velório: como era autêntica. Não sabia dizer, naquela época, se me sentia injustiçada por descender de gente sem recursos, caminhoneiros e empregadas domésticas que deixaram o interior — o que conhecia bem era o pavor de passar o resto da vida plantada nos confins da região metropolitana, pedindo licença para respirar, esquentando a barriga no fogão e suportando o amor pouco de algum marido. Talvez um diploma enfeitasse a parede, mas ainda seriam só paredes, móveis, CEPs sem glória, distantes de todas as facilidades que constituíam o universo da Lívia. Depois de voltar de um feriado no sítio dos avós dela, meus dias pareciam saídos de uma piada de mau gosto. Repassava a imagem solene do café da manhã, as louças cor de rosa e dona Cota dizendo a nós duas cuidado, cuidado, cuidado, isso atravessou gerações. Quanto mais a xícara dela tremia sobre o pires inútil, menos obrigadas nos sentíamos a segurar o riso, imaginando uma escala Richter capaz de medir os terremotos que abalavam aquelas mãos pesadas de anéis. Engraçada, a velhice dos ricos; era inconcebível para eles que o tempo desfolhasse alguma coisa além das paineiras outono atrás de outono, e quase com rancor observavam meus poucos anos treparem no jatobá, eu tão mais livre do que a Lívia, tão lépida, os shorts emoldurando as pernas sem varizes — e pernas sem varizes são promessas de amanhã-de-manhã que obrigam todos os velhos a uma mesura magoada. Os homens voltavam do clube e investiam tardes inteiras na varanda, tornando o passado o ente mais presente entre nós, invocando a infância do mundo, chorando filhos distantes e a perda de uma fazenda em Conselheiro Lafaiete. Engraçada, a repulsa dos ricos; quando descobri que houve um presidente que preferia o cheiro dos cavalos ao nosso — e isso foi antes mesmo de compreender que eu integrava a horda de odiados, feito os caminhoneiros, feitos as empregadas domésticas que me pariram —, comecei a me lembrar do nariz que torciam para a Célia. Dona Cota a demitiu

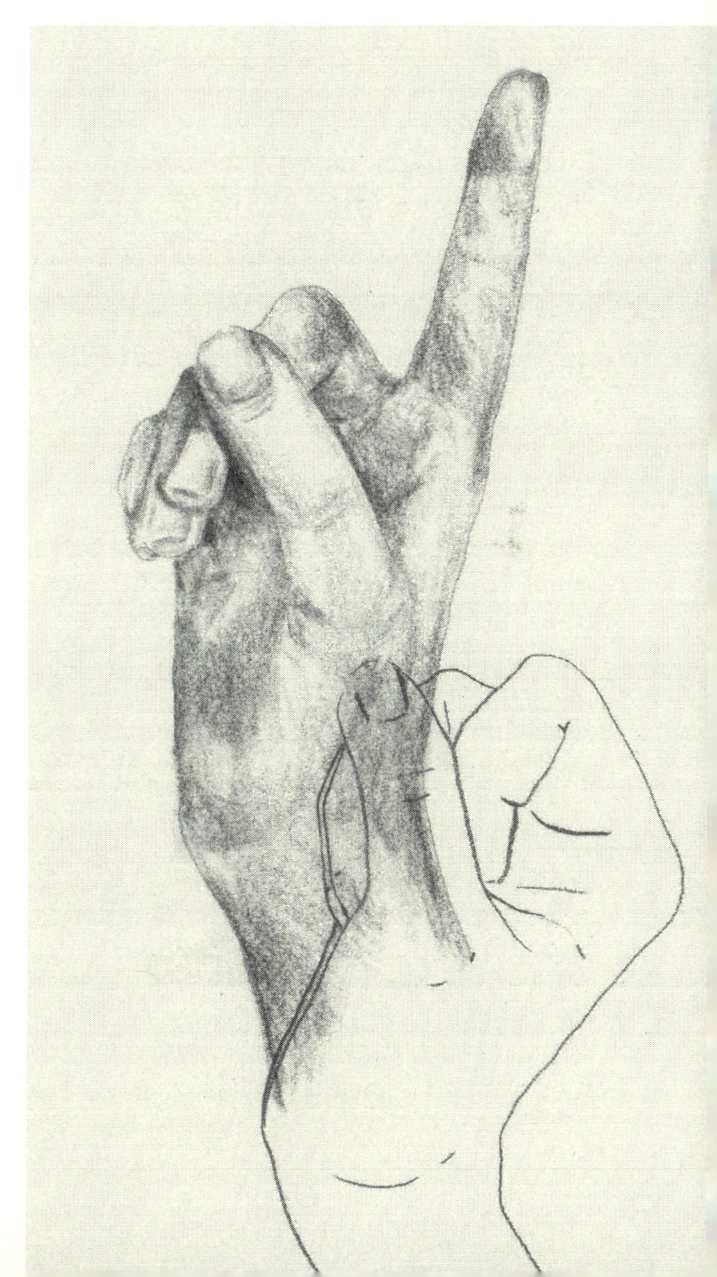

depois de ouvir um boato e jogar fora a comida da cozinha: a fedazunha envenenou o marido, é verdade, índio é tudo assim, esconjuro. Dona Cota também deve ter querido me demitir do cargo de melhor amiga da neta. Se Célia e eu compartilhávamos a mesma tez morena, os mesmos Santos na certidão de nascimento, certamente seria idêntico o nosso cheiro de fruta madura. Era a tia Helena quem cantava: você tem perfume de mexerica que a gente descasca no meio de maio.

Do momento em que Beto me entregou o microfone — Sua vez, canário belga, vem cantar esse trem — ao primeiro *my, my* de *Waterloo*, varri com os olhos toda a extensão do quintal. Diminuía à medida que meu corpo espichava. Nos domingos remotos de carteado, quando eu ainda trocava os primeiros dentes de leite e ignorava as regras do jogo, a euforia dos gritos de truco e dos tapas sobre a mesa, gostava de gastar horas estudando cada quina daquele terreiro infinito. Engatinhava sobre o piso de cimento grosso, joelho ralado após joelho ralado, o nariz farejando, transformado em focinho. A afeição que nutria pelas coisas chãs, dos farelos de pão às cascas de semente de girassol que o papagaio descartava, me levava a investigar o mundo à minha altura. E ia elencando os itens preferidos: a mesa com tampo de pedra, que suportou, com o estoicismo próprio dos objetos melancólicos, trinta anos de refeições; as cadeiras de ferro e

as de plástico, seu amarelo-Skol próximo do tom dos cabelos descoloridos das primas mais velhas; os engradados; a gaiola do Louro; o adesivo do Partido dos Trabalhadores colado em um vaso de avencas; os pés miúdos da Vó, metidos em havaianas azuis e brancas; os pés rachados dos homens, acompanhando o ritmo da marchinha que alguém improvisava com um garfo e um prato; os pés indecisos das mulheres, suas unhas sempre entre o vermelho Gabriela e as francesinhas; e naquele domingo, sem aviso, o sangue derramado. Não percebi a chegada dele. Foi quando o papagaio começou a gritar vagabunda, vagabuuuuunda, que ergui a cabeça a tempo

de ver tudo. Passei meses tentando calcular há quanto tempo minha tia era ultrajada dentro da própria casa, se aves como a nossa aprendem a xingar por repetição. Há quanto tempo o noivo planejava surpreendê-la pelas costas e rasgar seu tronco, do umbigo ao seio esquerdo, com uma faca de churrasco. A delicadeza com que morreu se opunha à brutalidade do quadro. Não gritou, não se debateu: chorou um ai abafado e tombou sobre as cartas que embaralhava. Alguém tentou tapar meus olhos e sumir dali comigo, mas eu continuava enxergando com os ouvidos, presa à volúpia do horror, vagabunda, vagabuuuuunda, o Louro não calava a boca. Será que em Waterloo foi igual. Será que lavaram. Será que chamaram tias de soldados para a limpeza. Durante dias sem fim, as mulheres da família esfregaram o quintal com água sanitária e Pinho-Sol, empenhadas em fazer sumir a memória do crime. Não contavam que estávamos presas em um jogo de espelhos — assim como o Louro imitava os sons, a pele imitava o cheiro do sangue no cimento.

Agora vinham me perguntar por que eu tremia. Porque dizer *my* era como dizer ai. Porque também a minha voz imitava o grito mudo. Porque *Waterloo* era música de merda. Porque à merda eu queria mandar todo mundo. Deixei cair o microfone no meio do refrão e corri para dentro de casa, recitando palavrões. A primeira vez em que minha tia praguejou perto de mim foi no Mineirão, Atlético contra América. Nós duas no estádio, roucas e felizes, e ela advertindo com hálito de cerveja: aqui eu não sou sua tia, tá?, sou a Helena. Helena, divindade, estrela do rock, atriz de cinema, mãe que me faltava. O abismo entre a tia e a mulher diminuiu aos poucos. Hoje sei que ela não cantava somente para me fazer dormir; também entoava xingamentos, palavras de protesto, o hino do Galo e hinos de amor, que eu só descobriria mais tarde. Bem mais tarde. Protegida por minha couraça de menina, o que eu queria fazer com os homens, àquela altura, era o mesmo que a Célia fez quando trabalhava no sítio dos avós da Lívia. Às vezes, todas as fêmeas odeiam com uma só mão, com um só frasco de raticida. E se um dia algum deles beijasse minha boca, pensava, encontraria na soleira da garganta a voz da tia assassinada. ✪

missô

Pedro Torreão

em ordem de aparição

demônio azul, exorcismo noturno procissão

Marcvs

Pedro Torreão (1988) é recifense, sociólogo e poeta. Mora em São Paulo desde 2017. É autor de **Alalázô** (Editora Aboio, 2022) e de **Pão só** (Editora Urutau, 2021), livro menção honrosa no **Prêmio Maraã de 2019**. Tem poemas publicados em revistas como Aboio, Ruído Manifesto, Lavoura, entre outros.

Marcvs (1987) é artista visual; vive e trabalha na Santa Cecília, São Paulo. Começou a estudar desenho e pintura aos 13 anos, foi aluno do quadrinista Eugenio Colonnese e assistente do aquarelista Luis Castañón. Seu trabalho ataca dogmas da religiosidade com uma estética que dialoga com os quadrinhos, arte de rua e o neo-expressionismo.

I

quando falas do pote
hermético
porta-bandeira
e bagagem
e de abobrinhas
italianas
zucchini
antepasto
que travo no lombo
copa-lombo
todas as
efemeridades na cozinha
a porta que fecha
sempre fecha
até a última vez.

II

arigatô estrago
no salmão
que sempre chega bem
                                        - obrigado!

as tampas das louças
brancas flúor 1100pp
contrato teus dentes
                                    fortes desalinhados
num acaso
fechado em meus braços
    as mordidas nas costas
penúltimo espaço
    último abraço
a canção fala por si.

III

retumba os espaços
deitada
enrolada
e gira
        no corredor
teus laços
e grita
  nos espaços enquanto durmo massageado esgotado arrasado esfolado dinamitado exausto
forte que se fora fraco forte
tuas lágrimas molham o taco
criando o azul
espaço
vago
e
espalha esse acaso que retumba no vácuo:vasto.

IV

o quarto se adensa
as ondas batem
em meu peito
horizontalizado
são
sonares
altares
sãos
débeis
sons
são
oco osso esse rever esse rir esse raiar esse ralar esse rapar esse reter esse radar esse osso oco
desfeito
em defeito,
mas sobretudo,
hecho.

V

das *chichas moradas*
te tiro o doce direto
das amígdalas
te travo o rosa
na boca e lábios
refaço os dentes
desembaraço
[nesse acaso]
o enlaço.

VI

nunca comi missô muito menos contigo nunca adentrei a pasta de soja pesada em invólucro plástico nunca nem mesmo nos lugares mais propícios *never* nem ver sentir na tua língua o gosto do grão macetado salgado fermentado nem a pau juvenal que comeria contigo isso missô no prato na frigideira na carne desfeita e refeita no claro ato assustado na brasa psssssss selado sala seda papel e embrulha socorro som num celacanto nado e abraço. ✪

vasto mundo de Pedros

Dan Porto

em ordem de aparição

sem título 2 talvez a gente não tenha que dizer nada **reverberações** sem título 3 **sem título 1**

obras sem título da série *eu queria te dizer*

Fernanda Gontijo

Dan Porto (1983) publicou **Pequeno Manual do Vestibular** (2009), **Raridades** (2011), **Viver e ajudar a viver** (2014), **Série Poética**: *Just it, Carménère, Xilema* (2015), **A cura da Aids** (2017), **tempo de ninguém** (2022), além de textos avulsos em jornais e revistas de literatura.

Fernanda Gontijo (1984) é artista visual e designer gráfica. Nos últimos anos, tem se dedicado à edição de livros e à pesquisa e ao fazer artístico com interesse especial pelas relações entre palavra e imagem. Através do desenho, da colagem, da pintura e da fotografia, explora diversas materialidades e texturas, incorporando fragmentos do seu cotidiano e da paisagem urbana, investigando a natureza construtiva do processo criativo.

QUANDO FALHA
A CONSTRUÇÃO

Era...

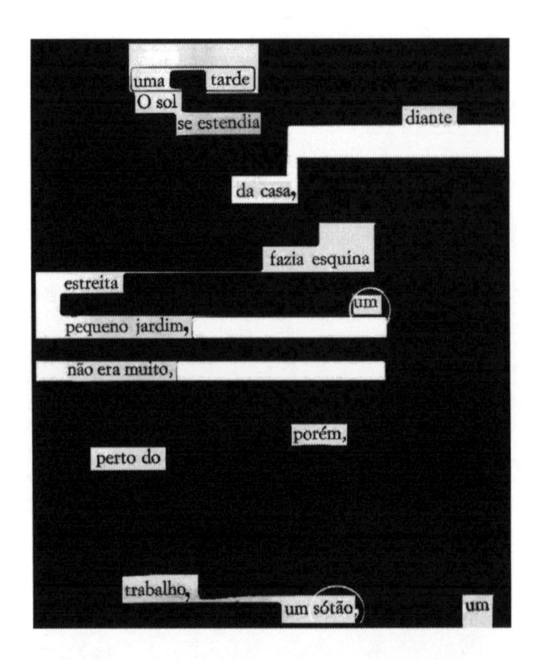

o Sol se estendia quando Pedro chegou para podar a grama. Parecia vencido por alguma questão, derrotado pela sorte. Trabalhou em silêncio, a cabeça e os ombros baixos, até anoitecer, a hora estava cinzenta quando recolheu as ferramentas.

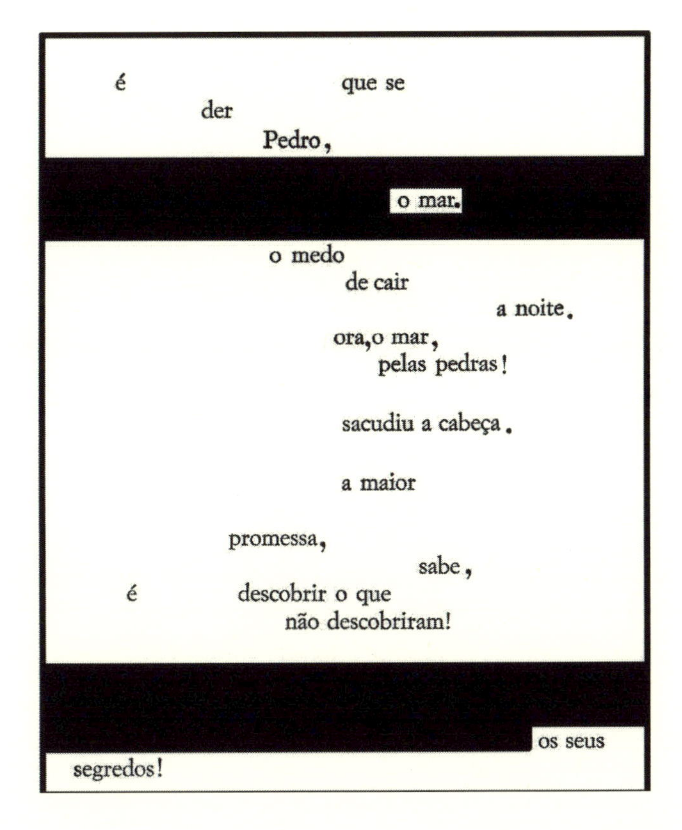

Os segredos embrulhados nos silêncios, os sonhos em pilhas atrás do olhar baixo, cinco anos que Pedro trabalhava comigo e era só o que sabia dele. Subimos a colina e descemos pelas pedras para a praia menor, a maré ainda baixa, o céu baixo, a cabeça de Pedro pendida para baixo. Queria o espaço, um olhar que me autorizasse a falar e perguntar, nada. Vestidos, entramos na água. O mar misterioso, paralelo mundo, o mar que corrói as grades da prisão.

nos levou de volta à praia, como se tivesse tempestade entre nós. Surpreso, o vi se despir e deitar-se à areia, havia a maré, não havia a maré, a noite caíra e não havia noite sobre o corpo de Pedro, o corpo frio e salgado de Pedro, o arrepio de Pedro, o calor do lado de dentro... competimos com a água, a gravidade e o tempo.

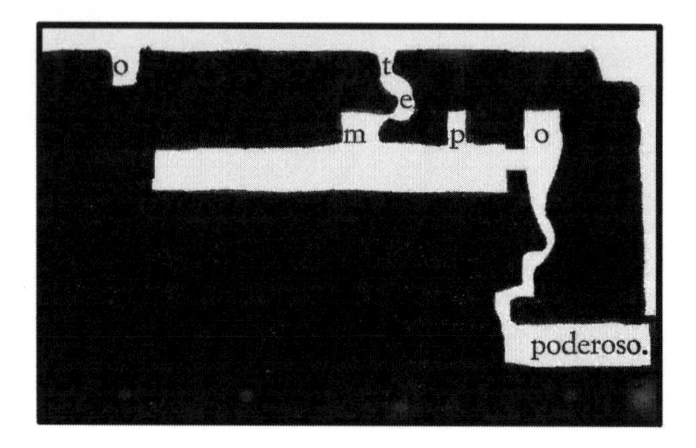

Implacável até a razão, o tempo. Esquecido de nós como nos esquecêramos de pensar. O corpo de Pedro contraído sob mim, o som da boca de Pedro, o vento a me descobrir, o peso do meu corpo frio sobre o calor dos quadris de Pedro. Pedro, Pedro, Pedro, vasto mundo de Pedros intensos e febris.

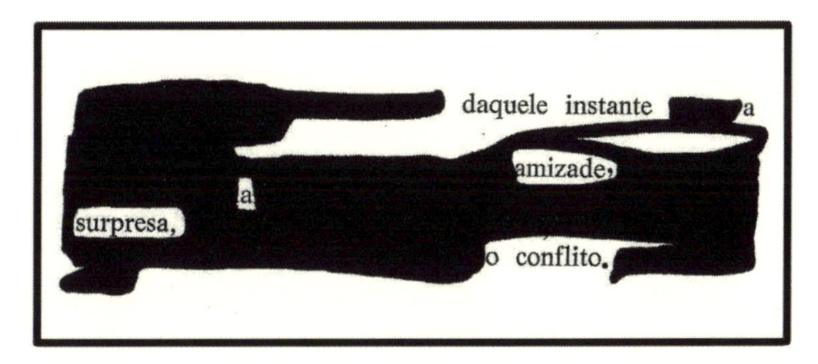

A surpresa de amar ou prender Pedro? Descobrir os segredos ou cozinhar novos? A noite só foi subir na semana seguinte, era uma quinta-feira e Pedro deveria retirar a árvore que caíra na última ventania. A luz cor de rosa do sol já ameaçava sumir quando ouvi bater o portão. Pedro.

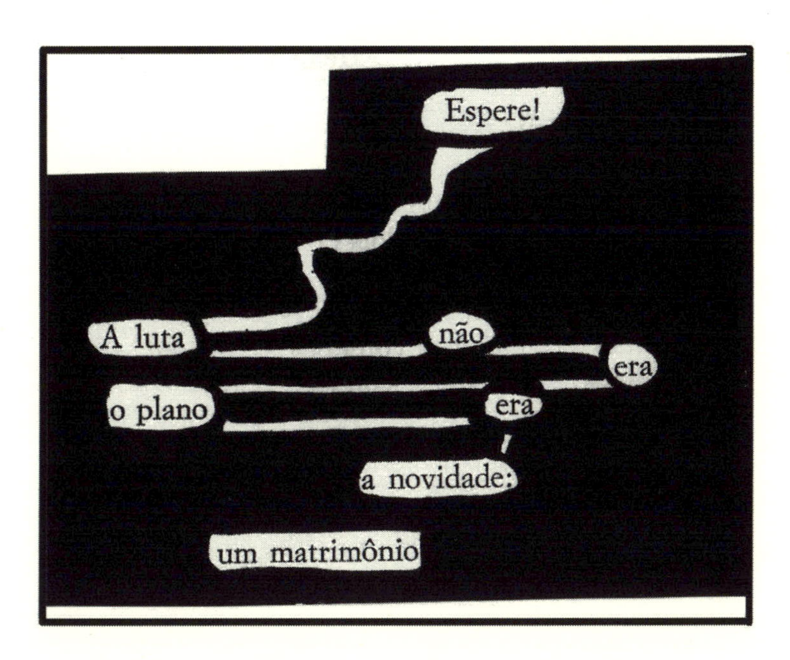

PARTE II

Ouvir, ou reouvir, as vozes, as nossas e as que vibravam dentro de nossas cabeças. Pedro fez lenha da árvore caída e alimentou o fogão e a lareira.

perdida entre mim e ele e ela. Ele e a rotina. Ela. A rotina e o desejo de deixar de ser rotina, vencer o dia e a noite, sozinhos... e ela?... sozinhos, submersos no bosque das árvores altas herdadas de meus avós, cenário repetido dos meus sonhos.

Pedro, Pedro, Pedro.

Vasto mundo de tantos Pedros perdidos, e a gente um sinal, o semáforo aceso de amarelo, todo o tempo, Pedro, amarelo, desenho de amarelo, o gosto empastado, o cheiro gelado do amarelo.

dor e nada podemos fazer, Pedro, apenas cuide de menos.

é olhar. Tudo o que diz é olhar e trabalhar. A cabeça para baixo. Os ombros para baixo. Abaixo do peso do mundo. Pedro pouco tem vinte e poucos. Sê sozinho, Pedro. O mundo exige tanto do que podemos tentar ser que o melhor é mesmo encontrar-se só. Sê sozinho, Pedro. Sem nem você mesmo. O mar sim, o mar é permanente, mas nós, você, ela, eu, todas as pessoas... fica com o mar, pois, Pedro. Pensa no mar. Ponha entre nós o mar, se quiser. Durma no mar...

... dorme no mar o mar profundo de Pedro.

PARTE III

Garantir esta casa de oitenta e quatro requer de mim sustentar no escuro a memória.

Quando Pedro vinha, renovava a casa. Era alegre como imagino que tenha sido um dia. Mesmo no silêncio nosso. Agora, aos sábados, eu faço isto: procuro esperanças em mim. Espero que novas procuras nasçam. E resistam às vagas das segundas-feiras.

Ela me telefona, às vezes. E falamos banalidades. Trocamos silêncios. É uma maneira de homenageá-lo, talvez. Nunca nos encontramos. Salvo aquele dia, por susto, na encruzilhada da padaria com o banco, eu acho.

Mandei consertar o muro. Nem sei quem foi. Pintei o sótão, eu mesmo. Voltei ao tear. Anseio vidas nas tramas.

Ergui paralelos num caderno. O que me permitiu invadir as paredes, falar através da mesa. De manhã saúdo o rio, e canto para ele. Sempre o vidro entre nós.

Os sonhos me convencem.

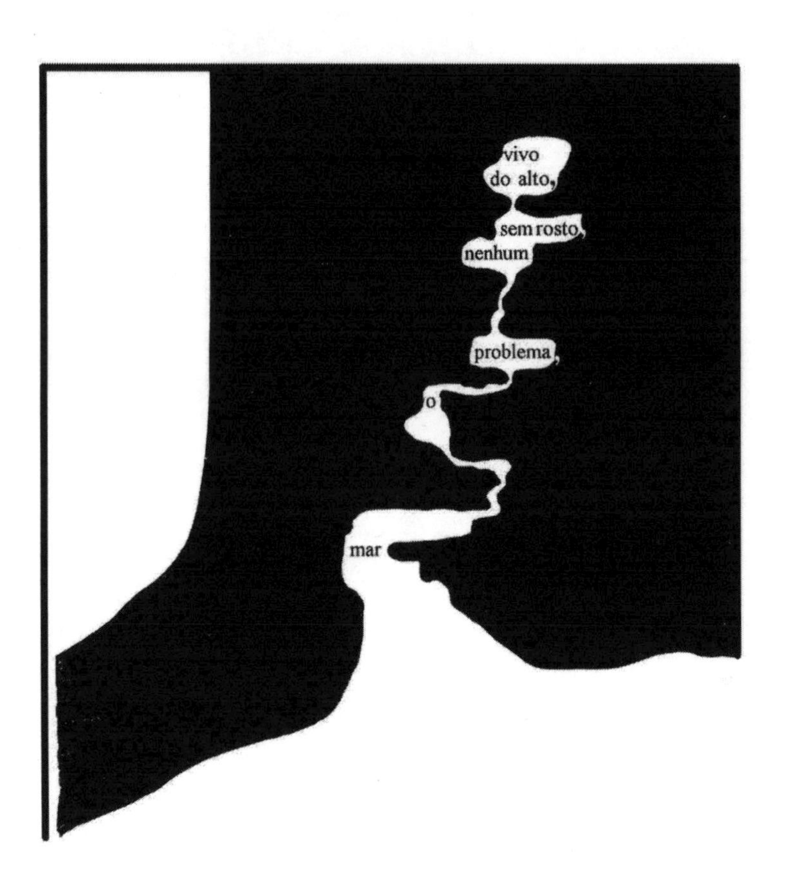

canta lá de baixo todas as noites, vivo. Noites que nunca mais caíram. O entardecer eterno. A mulher que recolhe as galinhas e fecha a casa e acende o fogo: nunca mais morreu. Calça as botas, ou os tamancos, e vela a casa em círculos. Tempo após o tempo poderoso.

Os sonhos gritam de insônia. Ou de fome. Tanto faz.

Só quando faz frio percorro de novo o caminho de pedras até lá. O mar me ameaça. Não deixa chegar perto. Então ficamos lá. A memória e eu. As águas chegam à margem e estendem as mãos. Ouço fragmentos rangentes que se sobrepõem. Nos fundos da memória reencontro os barrotes. Quartos da casa de meus avós, talvez. Desses de madeira, janela e ouvidos.

O nosso propósito é recordar para conhecer.

PARTE IV

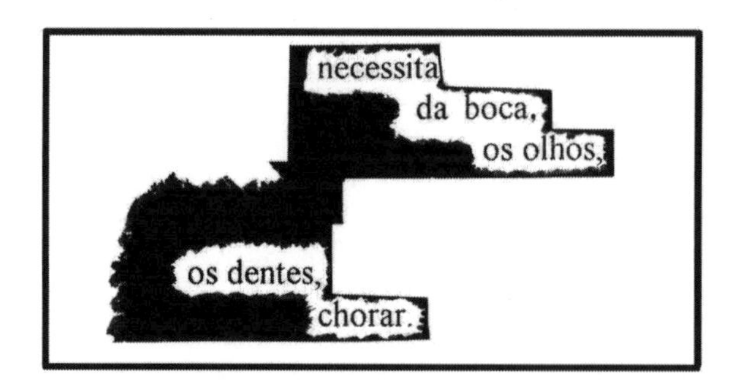

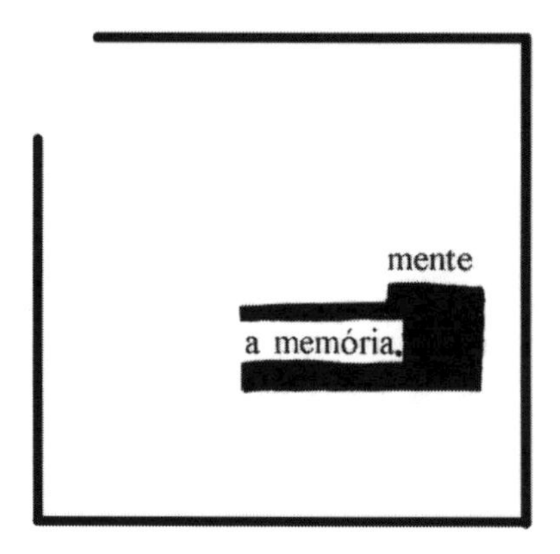

Os segredos se ergueram nas paredes da casa. Pedras, Pedro, pedras. A casa de oitenta e quatro é o cofre de dois séculos. A cápsula interplanetária a arquivar alegrias selecionadas. As estrepitosas, tímidas e as que nem tenho vontade dar.

Daqui há... alguém... há de libertá-las. E se entendê-las, rir-se com elas. Rir se delas. Porque a vida é isto: memória e inconsciência, Pedro. E só nos resta a alegria.

Uma joia ainda brilhante conversa comigo de dentro da caixa de guardados da família. Tudo se perdeu, Pedro, tudo, mas há um vasto mundo de Pedros, há tantos Pedros que eu mesmo, quiçá, seja meu próprio Pedro. A joia, ela conversa comigo e me diz que é preciso ficar. E guardar. E andar. O espelho lateja todos vocês em mim.

Vamos, então, alegrar-nos e dançar sobre a pista de vidro do mar à noite. Sorri, Pedro, sorri. Só restou a alegria. ✪

NADA

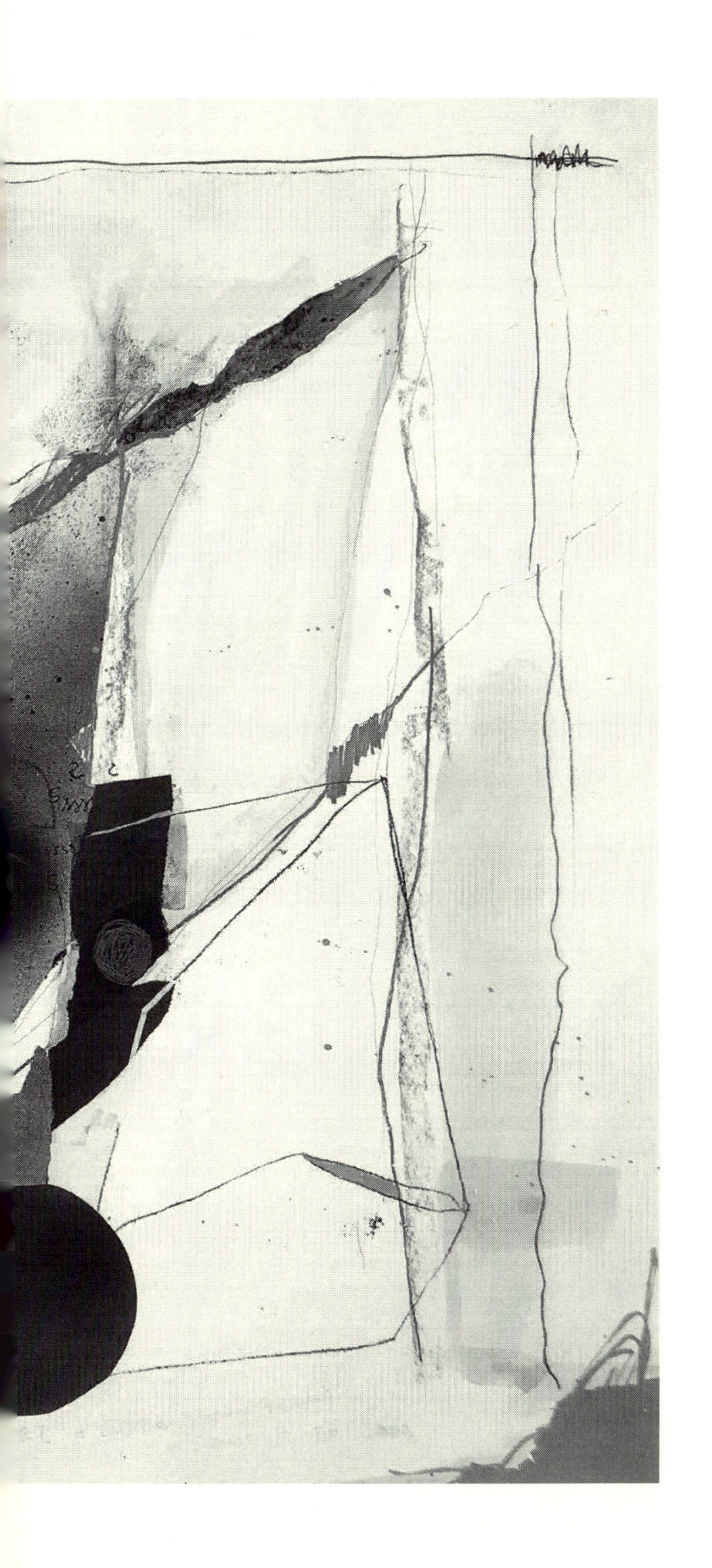

rberações é por isso que tud ressoa

VOCÉS ESTÃO ME OUVINDO?

durante a noite recebi uma carta lacrada
que dizia: abrir às sete e vinte, com
o nascer do sol.
acordei às oito e vinte

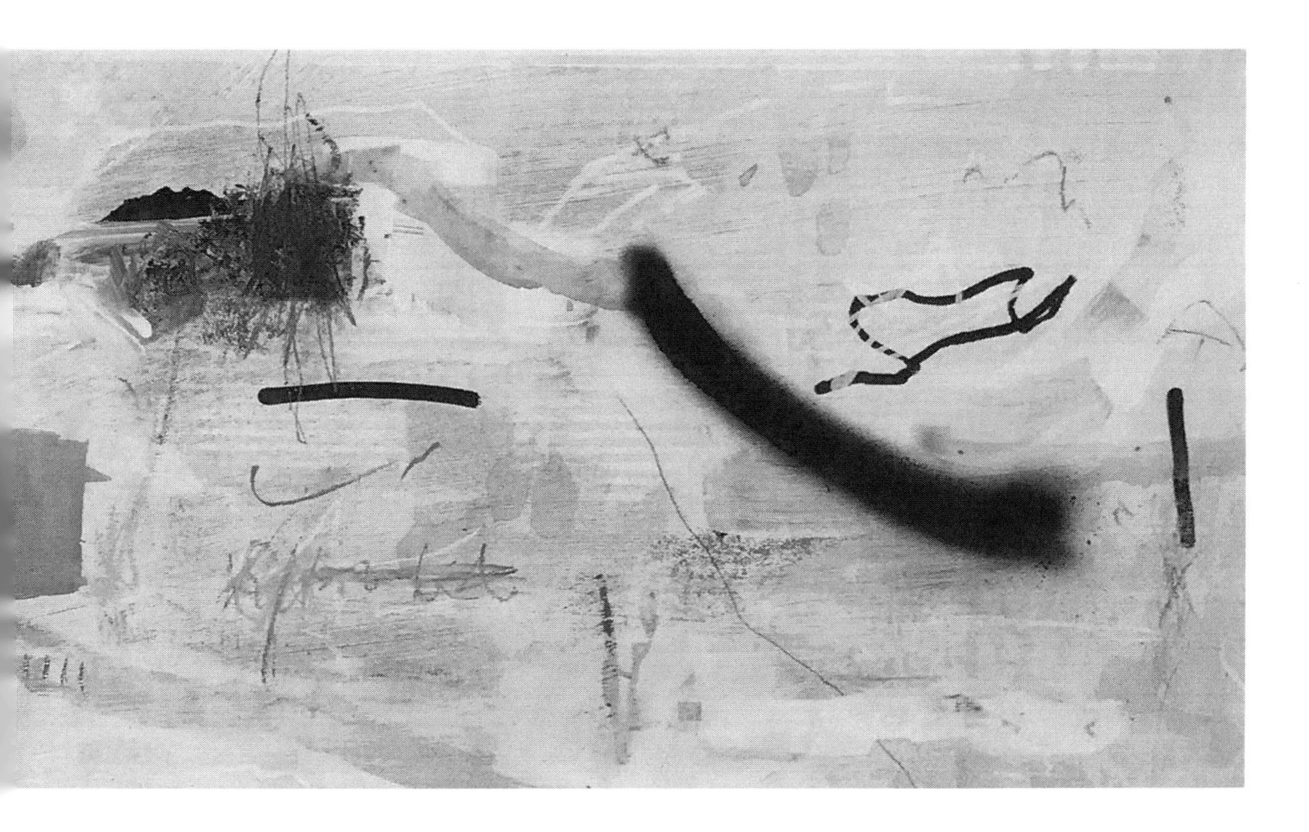

ver e falar em Berlim

Leonardo Zeine

em ordem de aparição

marcha das Amélias ascensão

Anny Lemos

Leonardo Zeine (1995) é mestre em linguística pela USP e doutorando em filosofia da linguagem no Instituto Max Planck em Frankfurt. Escreveu e dirigiu seu primeiro curta-metragem em 2022, o **Bye-bye adeus**, a ser lançado até o final do mesmo ano. Já contribuiu também para a revista Aboio com o conto **O fim de Cobralina** e com algumas das **Primeiras Piadas**.

Anny Lemos (Osasco-SP, 1987) vive e trabalha em São Carlos-SP. Artista visual e educadora, graduada em Artes Visuais pela UNESP de Bauru (2010), desenvolve sua poética na linguagem da pintura e muralismo. Tem parceria com a **Galeria Luis Maluf** (São Paulo) e tem mantido ativa a participação em Salões de Arte, Editais e Feiras. Atualmente está em cartaz sua exposição **Interiores** (em dupla com a artista Kena também de São Carlos) no Fórum das Artes em Botucatu-SP.

A verdade acaba com qualquer conversa

Jerry Seinfeld

1

Segundo dia de minha mudança, me vem um pensamento desinteressado, que me prendeu por poucos segundos — estava entre uma estação de metrô e uma mercearia turca de esquina — e que, mais por tempo livre do que por comprometimento, vim trazer ao caderno.

Digo, agora escrito, que a maneira como descrevemos uma cidade, o que achamos dela e da vida que ela nos autoriza, é a mesma maneira que usamos para descrever o céu desta cidade.

O Rio de Janeiro, por exemplo, é, a mim, cor-de-rosa: indiscutível. Brasília é alaranjada, adolescente, lembra soneca merecida. Paris é como uma redoma de vidro. Já São Paulo, seu céu, é feito de fumaça: escorre pelos dedos como um dia de ressaca. Lisboa é aberta, viril, bonita demais para que eu a envolva numa brincadeira como essas. Berlim, se me permitem, é próxima: tem o céu baixo, quase ao alcance das mãos, como se todos os lugares fossem parte de um mesmo centro. O céu de Frankfurt é arisco, sempre lotado de guindastes. Ouro Preto é como uma fotografia sem cores.

2

Dois quarteirões à frente da estação, me sento num bar. Penso, então, que se descreve uma cidade da maneira como se descreve seus bares, onde efetivamente se veem as pessoas.

Em Berlim, me arrisco a separá-los em apenas três categorias mais ou menos bem definidas. Em primeiro lugar, estão os spätis, uma espécie de farmácia alcoólica, aberta 24 horas por dia, normalmente sem lugares para sentar: estão quase sempre acompanhados por lojas de kebabs, ou os döners.

Em segundo lugar, estão os bares tipicamente alemães, que também têm um nome, do qual não me lembro agora, e que me são estranhamente familiares, mesmo que eu não tenha tido, antes de me mudar, contato com a cultura do país. Estou sentado em um desses no momento.

Aqui, há um balcão de madeira, um salão escuro onde se pode fumar — continuo do lado de fora por um certo respeito constrangido — também um aquário enorme, com apenas dois peixes, e um dono de bar com cara e jeito de dono de bar. Serviu drinks de suco de tomate apimentado como cortesia, enquanto fazia piadas que não compreendi arriscando um bom e velho espanhol: tanto constrangimento desinibido acaba lembrando casa.

Em terceiro lugar, estão todos os bares descolados. Nesses, há techno, sofás de veludo, drinks despojados, sem muito esforço, e meninos e meninas que adorariam passar um tempo em São Paulo, mas que não encontrariam muito o que fazer no Rio de Janeiro ou em Ouro Preto, muito menos em Brasília.

3

Tenho achado, desde que parei por poucos segundos perto da estação de Wedding ou Seestraße — não me lembro, que, mesmo que não nos demos conta, a primeira coisa que fazemos quando acordamos pela manhã é, sempre, olhar o céu. Para checar o tempo, um bom argumento. Para prever o dia, para decidir e dizer ao mundo se dormimos bem.

E se fazemos isso em conjunto, dizemos um certo bom-dia sincronizado. Afinamos o tom. Afinal, tudo tem de passar pelo dia. Além disso, o céu não é o mesmo para todos numa cidade. Mas meio que é.

1.2

Quando me lembro de São Luís, me lembro de calma. O caminho ao centro e o bom-dia geral acontecem como se a cidade dissesse — os maranhenses em conjunto — que sim, tudo aquilo irá afundar em lama para só depois, boiar, não vê? É assim já faz muito tempo. As balsas têm um horário regular, as pontes que ligam os bairros à ilha são altas o suficiente para que digam, e novamente dizem os maranhenses: "daqui, eu sei que você não passa, nem tente me enganar".

4

Dois amigos, por volta dos cinquenta anos de idade, grisalhos e corpulentos, conversam em alemão na mesa ao lado. Dois copos da mesma cerveja que eu tomo.

O primeiro teve sua leitura amigavelmente interrompida pelo segundo. Conhecem-se há muitos anos sem dúvida, pois, embora eu não compreenda o que falam, vi seus movimentos serem muito simples, da maneira que agimos quando entramos em casa.

Tento imaginar um futuro, mas mal consigo começar. Talvez não sejam de Berlim, talvez já vivam aqui há certo tempo. É possível que nem tenham combinado o encontro ou talvez se vejam todos os dias há tanto tempo, nesse mesmo lugar ou em outro muito parecido, sempre às quatro da tarde e sempre sem combinar — "se chover, fico em casa, é claro" — que nem tenham muito a dizer um ao outro.

Pelo contrário: falam o tempo inteiro.

5

O que posso dizer das coisas depende infinitamente do que posso observar.

São tantos os detalhes, nas frases que digo, quanto eu puder saber, em primeiro lugar, que estão lá; isto é, tantos detalhes quanto eu puder destacar do mundo. É assim com o que sabem os olhos.

6

Subindo as escadas do prédio em que estou hospedado, prédios de Berlim que me lembram os de Brasília, me vem a ideia, em forma de pergunta, de que às vezes agimos de modo a querer dizer a nosso interlocutor ou interlocutora que viemos de onde viemos.

Na verdade, tenho visto isso de monte entre os berlinenses que conheci: são movimentos exagerados que nos introduzem a certas deixas, dicas, como se me dissessem os braços, o grave repentino da voz e o entusiasmo explosivo, que a cidade vem abrindo cervejas deste modo há certo tempo. E então voam as tampinhas a metros de distância, num chuvisco metálico que dura a noite inteira, ritmado por passos incrivelmente velozes: não têm exatamente pressa, mas também não veem motivos para deixar de pensar no destino.

No meu caso, e aí está a pergunta, digo que sou brasileiro, ou melhor, quero dizer, com o que faço, que sou brasileiro quando imito minha família carioca. Não sei exatamente o que ativa esse comportamento, em especial quando estou conversando com outros amigos brasileiros, mas a verdade é que gosto das histórias, do diletantismo descarado, do verbo sem fins lucrativos. A pura vontade mesmo quando não se tem nem o necessário. E dizem, ou querem dizer com seus atos: se for para não sobrar, melhor nem ter. E completam: mas, de qualquer modo, já que tem, dê-me aqui. E é aí que mora a sagacidade.

7

Estou agora no trem indo para Frankfurt.

Assim que descer, vou direto resolver burocracias relacionadas à imigração. Volto a Berlim a trabalho amanhã, mas os próximos anos serão por lá. (Os alemães gostam de poucos e irreversíveis documentos, horários com precisão de minutos, não necessariamente múltiplos de cinco, e assinaturas originais.)

Em mãos, está o livro que Julio Ramón Ribeyro escreveu enquanto esteve em Paris, as Prosas Apátridas, que não só me foi recomendado por uma das pessoas mais impressionantes que conheci nos últimos meses em São Paulo como traz em seu título motivação o bastante para que seja algum tipo de amuleto em minha mudança: cortes finos e precisos, pequenas digressões sem classificação literária. Além desse, vieram em minha mala dois outros livros que ganhei de presente de namorados, também os Pequenos Poemas em Prosa de Baudelaire, suas Flores do Mal, Poesia Liberdade de Murilo Mendes, contos de Silvina Ocampo, o primeiro de Wittgenstein e Piazzas, de Roberto Piva.

8

Claro que ao entrar no trem, me dirijo à cadeira que vai de frente a meu destino, se aproximando de Frankfurt. Não que Julio Ramón Ribeyro tenha me dado explicitamente esse conselho minutos atrás. Mas é verdade que em li suas Prosas, quando ainda esperava o trem na plataforma, os dois ou três parágrafos de sua filosofia dos bancos de trem: quem viaja de costas se afasta da origem, vê a paisagem fugindo, se despedaçando; e não seu destino mais e mais próximo, como que vai de frente.

Nunca tive muito apreço pela destruição total e nem quero fazer parte do grupo de pessoas que, como diz Julio, "não sabem aonde vão, ignoram o que as aguarda, então tudo se esquiva delas; o mundo é só fuga, resíduo, perda, defecação". E muito antes disso, sem nenhuma tentação exotérica ou literária, tenho receio do enjoo.

À minha frente, indo irresponsavelmente de ré por quatro horas até a cidade de Frankfurt, está uma menina loira de olhos azuis, camiseta preta, casaco de mesma cor, jeans dobrados até calcanhar, meias aparentes e tênis brancos, já que todos os jovens de Berlim parecem ter aderido a esta aura de esportista que não pratica esporte algum.

Foi só o que vi nestes últimos dias; de uma descontração de se fazer inveja, porque não é nem outubro e já sinto frio.

Suponho que ela vá visitar seus pais e suponho também que, no fundo, ainda não entenda que eles ainda vivem em Frankfurt, como ainda não entendo que meus pais ainda morem em Brasília. A esta altura, já estou certo de que ela decidiu ir para uma cidade muito mais interessante, fazer sua faculdade ou encontrar algo que quisesse fazer, em busca do que todos os jovens, em todas as cidades do mundo, procuram mais cedo ou mais tarde.

9

Perdi o trem para Frankfurt.

O pior é que estava no lugar e horário perfeitamente corretos. E não aconteceu porque me distraí. Na verdade, no horário previsto, guardei todas as minhas coisas e me mantive atento, apenas espiando de leve três crianças que brincavam perto de onde eu estava sentado.

Perdi o trem porque criei uma certeza absurda de que ele viria pela esquerda, ignorando por completo tudo o que acontecia à minha direita.

Quando já começava a rir da não tão precisa pontualidade alemã, já que não via nem sinal do trem das 15:23, vejo uma porta se fechar e o trem partir da minha direita a meu destino. Adeuses carinhosos e o anúncio irremediável no letreiro luminoso: *Frankfurt Hauptbahnhof* - 15:23.

10

Agora, duas horas depois, estou sentado no segundo e único trem. Insistentemente, me sento de frente a meu destino. Na verdade, não tive outra opção, já que a imagem de assentos agrupados de quatro em quatro com uma mesa ao centro, cadeiras reclináveis, vinho e conversas interessantes, emoldurada por uma linda paisagem de outono, é pura ilusão — pelo menos à classe de viajantes que compram bilhetes dos mais baratos como eu.

Estamos ensardinhados, como de costume num vôo doméstico. A meu lado, não à minha frente, dorme o tempo todo um senhor de uns 60 anos, indo também de encontro a seu destino, que pode, bem da verdade, ser Stuttgart ou outras cidades que desconheço. Ao embarcar, tentou trocar algumas palavras comigo, sem sucesso e bastante mal-humorado, isso pude notar: mastigou com vontade um sanduíche de salame, desses vendidos nas estações de metrô, e rendeu-se inteiramente ao lindo arco vermelho do sono. Agora temos tempo. Cerca de quatro horas até que eu veja a cidade de Frankfurt se anunciar no horizonte, com suas luzes opulentas e arranha-céus ostensivos.

11

O que se prevê numa situação de completa ignorância é ficção ou sobrevivência.

12

Não escrevemos no momento em que as coisas das quais falamos acontecem. Muito antes da escrita, é preciso ver. Em seguida — mas em seguida mesmo, quase que ao mesmo tempo — é preciso falar. Falar das coisas, mesmo que em silêncio.

Apenas depois de visto e depois de falado, em qualquer caso, mesmo entre os mais frenéticos caçadores de histórias, pode-se escrever.

13

Por muito tempo se pensou que o pensamento fosse da forma de uma imagem mental. Como se pensar fosse assistir, internamente, a uma televisão, que exibisse imagens propriamente.

E é claro que o pensamento é mais que uma imagem: ele é uma abstração.

"Ver" essa abstração, tê-la iluminada, é o primeiro passo para que se possa fazer algo com ela. E iluminar o pensamento é exatamente falar. A linguagem nos serve, internamente, para iluminar o pensamento.

14

Algumas perguntas sobre a linguagem humana, e que me são bastante particulares, ou seja, dizem respeito ao que *eu* tento responder nessa vida, me aparecem hoje em dia quase como um lembrete. Não é nem mais preciso que eu remonte seus passos. É como se existissem significados chamados imbróglio$_1$, imbróglio$_2$ ... que não me levam a resposta alguma mas que, de tanto serem repetidos internamente, tornaram-se cenas.

Como quando, enquanto converso com um amigo num bar, penso (ou pensamos, espero) — por um único e estranhíssimo segundo — que aquele à nossa frente é um animal de duas pernas, uma coisa que caminha, respira, tem duas mãos e que tem a habilidade de falar por meio de uma língua, que, com sorte, compartilhamos; essa língua sendo um sistema simbólico dotado de sintaxe, de possibilidade de significado e sons específicos a ela e mais um tanto de outras propriedades que nos possibilitam ir do físico ao significado.

Este primeiro imbróglio, que me é repetitivo e insistente, mesmo que, em termos práticos, seja — na sua explicação — um mistério completo, me ocorreu pela primeira vez no Rio de Janeiro: eu e meu pai. Comíamos pastéis numa feira de rua, em Madureira ou em Brás de Pina, não me lembro, e por um segundo me veio: este ser humano é meu pai, precisamente meu pai: uma das metades que me possibilitou qualquer coisa. Enquanto o óleo me escorria pela mão e enquanto ele me falava sobre DVDs piratas, talvez cumprimentasse algum conhecido, era nisso que eu pensava. Esta coisa tem partes, ela se destaca do fundo, do resto das coisas, das outras coisas do mundo. Este, meu pai, é como um objeto.

Depois de muito rever essa cena, penso que se na maioria do tempo, o mundo nos é dado de graça aos olhos, ou seja, não precisamos ir de degrau em degrau, juntando braços a tronco, sombra a cores, forma a volume e tudo isso num objeto só, é porque tudo acontece rápido demais. Os sentidos não deixam, nem por um segundo, de trabalhar. Não paramos de pensar, a linguagem não pode parar de iluminar o pensamento e o corpo ataca, irrefreável, as coisas do mundo.

Se me frustro com a repetição sem resposta, sempre a mesma chateação, já que tudo que escrevo, tudo que ponho no mundo tem rastros dessa observação deslumbrada, tento me dizer mais uma vez, agora num trem sentido estação central de Frankfurt e com certa inveja do sanduíche que o senhor trouxe e eu não, que não deve haver problema em se fazer sempre a mesma história. Na verdade, escritor, quase sempre se repete uma mesma história. Alguns têm a habilidade de repetir várias em paralelo: esses parecem infinitos. Baudelaire não teve essa habilidade e mesmo assim é infinito. Roberto Piva não teve essa habilidade e também é infinito. Wittgenstein talvez tenha tido essa habilidade.

No fim, a tarefa de procurar no mundo o que há de seu e transformar em mundo o seu que ainda não existe tem de ser repetitiva. Como olhar as coisas e vê-las inteiras, sem estranhamento. Por isso se fala tanto em se acostumar a escrever, para Henry Miller, algo como 30 páginas corridas — um fanático. Uma atividade tão repetitiva quanto acordar pela manhã e procurar por chuva no céu, todo santo dia.

15

Não é possível estar em mais de uma cidade ao mesmo tempo. Assim como não é possível viver todas as vidas possíveis, nem sentir tudo o que há para sentir. Estar por todo tempo em vertigem é perder-se em ruína. Por outro lado, permanecer todo tempo preso à linguagem é pura hostilidade.

16

Vim para Alemanha tentar responder a meus dois problemas sobre a voz: como é possível e qual será a minha.

O linguista se pergunta como é possível que falemos, como é possível que uma coisa física como o cérebro traduza som em abstração. No caminho de volta, nos perguntamos como é possível que um sistema simbólico traduza o quarto escuro que é o pensamento, muito mais amplo que as frases, muito mais difuso do que aquilo que se pode dizer. Já o escritor, muito mais embriagado, se pergunta onde está no mundo o problema que ele sabe que existe, mas cujo nome não lhe foi dito.

17

Existem neurônios que respondem seletivamente a formas ou cores específicas quando objetos são apresentados à visão.

Por exemplo, se uma pessoa for apresentada a um objeto vermelho, uma população de neurônios que reage à cor vermelha é ativada, mas a população de neurônios que responde à cor azul, não.

O mesmo acontece se o objeto estiver rotacionando no sentido horário ou no anti-horário: populações diferentes reagem, seletivamente, a cada um dos movimentos. Tudo muito ainda no início da visão, coisas infinitamente mais simples do que o que realmente enxergamos assim que abrimos a janela de nossa casa.

Mas, de qualquer maneira e continuando com as coisas simples, é impossível que haja populações de neurônios que reajam, cada uma delas, a cada uma das coisas do mundo. Se isso fosse verdade, teríamos um cérebro incrivelmente especializado, um mapa inscrito de todas as coisas do mundo, mas absolutamente despreparado a compreender coisas novas.

Um ponteiro vermelho que roda no sentido horário não tem, à sua espera, uma rede de neurônios que reagem a "ponteiros vermelhos rotacionando no sentido horário". Na verdade, a resposta ao ponteiro é uma relação entre populações de neurônios que reagem à cor vermelha e populações que reagem ao movimento no sentido horário. Como essa relação é computada segue sendo um mistério.

(Imagine que, por exemplo, você esteja num daqueles salões de hotel com relógios marcando a hora em três cidades do mundo. Imagine que todos os ponteiros sejam vermelhos. Como é possível, então, que os neurônios primários da visão decodifiquem, da cena, a informação de que há um ponteiro, que é vermelho, seguido de *outro* ponteiro, que *também* é vermelho, seguido ainda de mais um ponteiro, que *outra vez* é vermelho, já que vermelho e ponteiro são propriedades que ativam, cada uma, uma mesma população de neurônios para os três casos de ponteiros no mundo?)

O que o cérebro faz, muito além de responder seletivamente a certas características das coisas do mundo, isto é, ativar e desativar redes de neurônios seletivas a certas características, é relacionar características em objetos únicos, num tal *percepto*, que contém traços, é feito de partes, mas que culmina num todo. Um todo indiscutível.

Da mesma forma, cada frase dita, ou gesticulada, no caso de línguas de sinais, carrega o mesmo tipo de problema, ou seja, o problema de saber como é possível que relacionemos palavras já armazenadas na memória — como se cada palavra correspondesse, aproximadamente, aos traços (sentido, forma, cor etc.) dos objetos que enxergamos — em estruturas maiores, mais complexas: um *percepto* inteiro de uma sentença, que culmina num todo, num significado, numa ideia complexa: muito além da conjugação dos verbos.

18

Nada do significado, do *percepto* indiscutível que se forma das frases, é dado de graça. É preciso organizá-lo internamente; é preciso falar do que se vê, é preciso falar do que se ouve. Uma habilidade mental, como se bem diz em inglês, de *make sense of the world* (de fazer sentido do mundo).

Não retiramos sentido das coisas, fazemos sentido delas. Não há etiquetas presas aos objetos, com informações relevantes sobre seu significado, sobre seu uso ou aplicação em frases. Nós organizamos o que vemos, ou ouvimos, ou pensamos, de acordo com as regras de combinação que o cérebro nos autoriza — ou, dito de outra maneira, que, inconscientemente, adquirimos ao longo da vida. Tudo isso para, incessamente, fazer sentido do mundo, para criar significados sem pausas, falar das coisas que vemos, ouvimos e pensamos como uma metralhadora em estado de graça.

Fazer sentido do mundo ou criar histórias a respeito do mundo, hoje em dia, não são frases tão diferentes para mim. Mas de qualquer maneira, responda como é possível que um sistema como o cérebro faça sentido das coisas, isto é, junte todos os seus traços em uma cena inteira, uma experiência, mesmo que seja uma experiência das mais simples, tipo a cena de um homem que come pastel em Madureira ou a de um ciclista que grita, em alemão, "saia da ciclovia, estúpido!"; e acabe, numa tacada só, com a semântica, a sintaxe e a neurociência.

19

Não gritamos de susto quando vemos um trem que não nos é familiar. Talvez este novo trem seja organizado de maneira que os assentos estejam de quatro em quatro, mesas ao centro; ou tenha cabos de energia conectados a postes laterais; talvez as portas abram automaticamente. Mas, no fundo, ele é um trem. Esse em específico não é assim tão diferente do que eu entendo por trem, mesmo que eu nunca o tenha visto antes na minha vida.

Também não deixamos de compreender uma frase (considere o exemplo de *O Rio de Janeiro é uma cidade cor-de-rosa*), simplesmente porque nunca a ouvimos antes. Mesmo que a intenção dessa frase em específico, ou o significado que a pessoa que a disse quis que ela tivesse, permaneça desconhecida — e isso ainda diverte o assunto, algo na nossa habilidade mental nos autoriza a combinar cada um desses traços, palavras, pedaços de palavras (sufixos, plural, gênero etc.), sons e conceitos que compreendemos em coisas maiores, que, de alguma maneira, passam a significar, passam a ser uma frase que é de todo o caso.

20

Quando alguém diz que a cidade do Rio de Janeiro é uma cidade cor-de-rosa, não somos levados a entender que o Rio de Janeiro é *literalmente* uma cidade cor-de-rosa. Então, nesse caso, somos jogados à conversação e à suposição de que quem diz algo como isso deve estar, na verdade, querendo dizer alguma *outra* coisa. Do que seriam as coisas da vida sem essa alguma outra coisa.

21

Já estou em minha casa há duas semanas.

É um subúrbio de Frankfurt, onde há apenas crianças e velhos, nada como os jovens de calças dobradas de Berlim. Percebo, de frente ao computador, que já começo a me esquecer das primeiras impressões sobre a Alemanha, o que me deixa melancólico. Rava me escreveu e me veio um sentimento estranho, saudosista, de estar indo realmente de frente a meu destino.

Ele é o DJ sul-africano que conheci numa festa de techno em Berlim. Encostado num alambrado, um homem elegante de roupas coloridas, por volta dos seus trinta anos de idade e com os dreadlocks mais bonitos que já vi na vida, iam até a altura da panturrilha, observava impassível a correria que as baladas normalmente exibem só após as três da manhã.

Talvez porque éramos de longe os mais sóbrios do lugar, ou por uma cumplicidade automática que se dá entre estrangeiros sozinhos, começamos a conversar com extrema naturalidade. Poucos minutos depois, compartilhávamos tudo o que tínhamos entre nós: cerveja, cigarro, um baseado e três quadradinhos de chocolate que eu, por acaso, tinha em meu bolso. Seu set estava programado para as nove da manhã.

Falávamos em inglês com muita espontaneidade, mesmo que não fosse a língua materna de nenhum dos dois e comentávamos, em grande parte, sobre as estranhezas do povo alemão. Tive uma deliciosa crise de riso quando Mava imitou o modo como os Berlinenses se despedem de atendentes de bares ou supermercados: com um *tschüss* agudo e afetado como se falassem com sua professora do primário.

Na mensagem, Rava me perguntava como vão as coisas em Frankfurt. Também me convidou para sua irreal lista de eventos, que inclui indiscriminadamente cidades entre Londres e Cape Town. Está no auge de sua carreira, me disse quando nos conhecemos. Sem muito ânimo, mas contente por ser lembrado, conto como estão as coisas em Frankfurt.

Respondo e-mails, mando mensagem a meus amigos do Brasil para ver o que farão de noite, me pergunto como verei cinema brasileiro ou qualquer cinema na cidade.

Mas, a este ponto, a porta de minha casa já foi aberta algumas vezes e o mesmo com a janela, que me oferece uma boa fresta de céu. O tanto que havia para olhar transforma-se, em ritmo lento, em frases que parcialmente já conheço. São dicas que me introduzem a textos que, se já não li, pelo menos sei que existem, ou acho que sei que existem. Tudo muito lentamente, mas a sensação é a do oposto da fuga. É da forma de uma certeza, sólida, de que lá fora estão os guindastes, os prédios altos e o frio que — quando saio de casa para fumar não por respeito, mas por regras do prédio — me corta a pele.

22

Brasília

Frankfurt

São Luís

Rio de Janeiro

23

Gosto de ler em minhas anotações que os problemas que vim tentar resolver são apenas dois, ambos problemas de voz. E meio que são: o como é possível e o qual é a minha.

Tateando o primeiro, vi outros milhões de problemas aparecerem. É assim mesmo que as ideias funcionam: abstrações mais ou menos bem delimitadas, que por ora vão longe, mas tendem a voltar. Ora vão longe e novamente tendem a voltar. Nessas idas, vários outros problemas aparecem e engrossam o caldo da tarefa absurda que é sistematizar o conhecimento que se tem da experiência humana.

Sobre o segundo problema, percebo que tenho o tempo que não vinha tendo para sentar em bancos de rua, para sair de casa para não fazer nada. Tudo isso me deixa por tempo demais em silêncio, tempo demais sem falar minha língua, mas que de alguma forma impõe um senso de urgência. Uma tranquila, diária e repetitiva urgência.

Então vejo os dois problemas traduzidos em coisas semelhantes: oscilações que ora vão longe mas tendem a voltar e um senso diário e repetitivo de urgência.

24

Tudo que se faz é por um esforço de manutenção.

Manutenção da vontade, de uma história, já que o corpo, o pensamento e a luz que o ilumina são irrefreáveis.

E como esta história nunca é revelada, como nunca nos é oferecida a Ave do Paraíso nem nunca chegaremos a ver a Rosa dos Ventos, o dia se torna uma procura sutil por dicas.

Dicas que apontam as coisas interessantes que se pode ver num dia chuvoso numa cidade tão estranha quanto Frankfurt e que, quando aparecem, quando as retiramos do fundo e as vemos inteiras — uma conversa inteira feita sem a voz: mãos ágeis e gestos em três línguas; uma criança encasacada que cata frutas que eu não conheço na calçada de minha casa — nos lembram, por um segundo, que o que procuramos, todo tempo, é mesmo o extraordinário.

Aos poucos, os dois problemas me aparecem de outras formas. Vejo-os traduzidos nos bares que venho conhecendo, nos objetos desatiquetados de meu dia a dia; na estação central, pela qual não se anda depois das onze da noite, fiquei sabendo. Estão, os dois problemas, nas coisas que vejo pelo trem que me leva ao trabalho, que volta e meia pego de costas mesmo, mas sempre de olhos atentos às telas, que estampam nomes que não me dizem nada, e que, por isso, foram tão difíceis de decorar: na ida, Darmstadt e na volta, Eschborn Niederhöchstadt. ✪

lego

Samara Belchior

série **pulsar do prazer aprisionado**

Geovana Araújo Côrtes Silva

Samara Belchior nasceu em 1987, em Suzano, São Paulo. Cursou História e Filosofia, disciplinas as quais ministra na rede municipal de ensino. Foi aluna do Clipe - Poesia (2021) e do Poesia Expandida (2022), ambas formações oferecidas pela **Casa das Rosas**. Seu livro de estreia na poesia é **bruxismo e outras automutilações** (Ed. Urutau, 2022).

Geovana Araújo Côrtes Silva (1996) é graduada em Comunicação Social com habilitação em Produção em Comunicação e Cultura pela UFBA (2018) e mestranda pelo programa de pós-graduação em Artes Visuais na linha de pesquisa processos criativos, onde pesquisa poética do inacabado e instalação pela UFBA. Participou de exposições coletivas como **Do right (write) to me** com curadoria da Ana Roman e Dainy Tapia, no espaço ChaShaMa, em Nova York, e no Miami Design District, em Miami (2021), **Fotografia Amor e Luta** pela Revista OLD com circulação nacional (2019) e **Olhos da Rua** organizada pelo Labfoto na Faculdade de Comunicação (UFBA) em 2018.

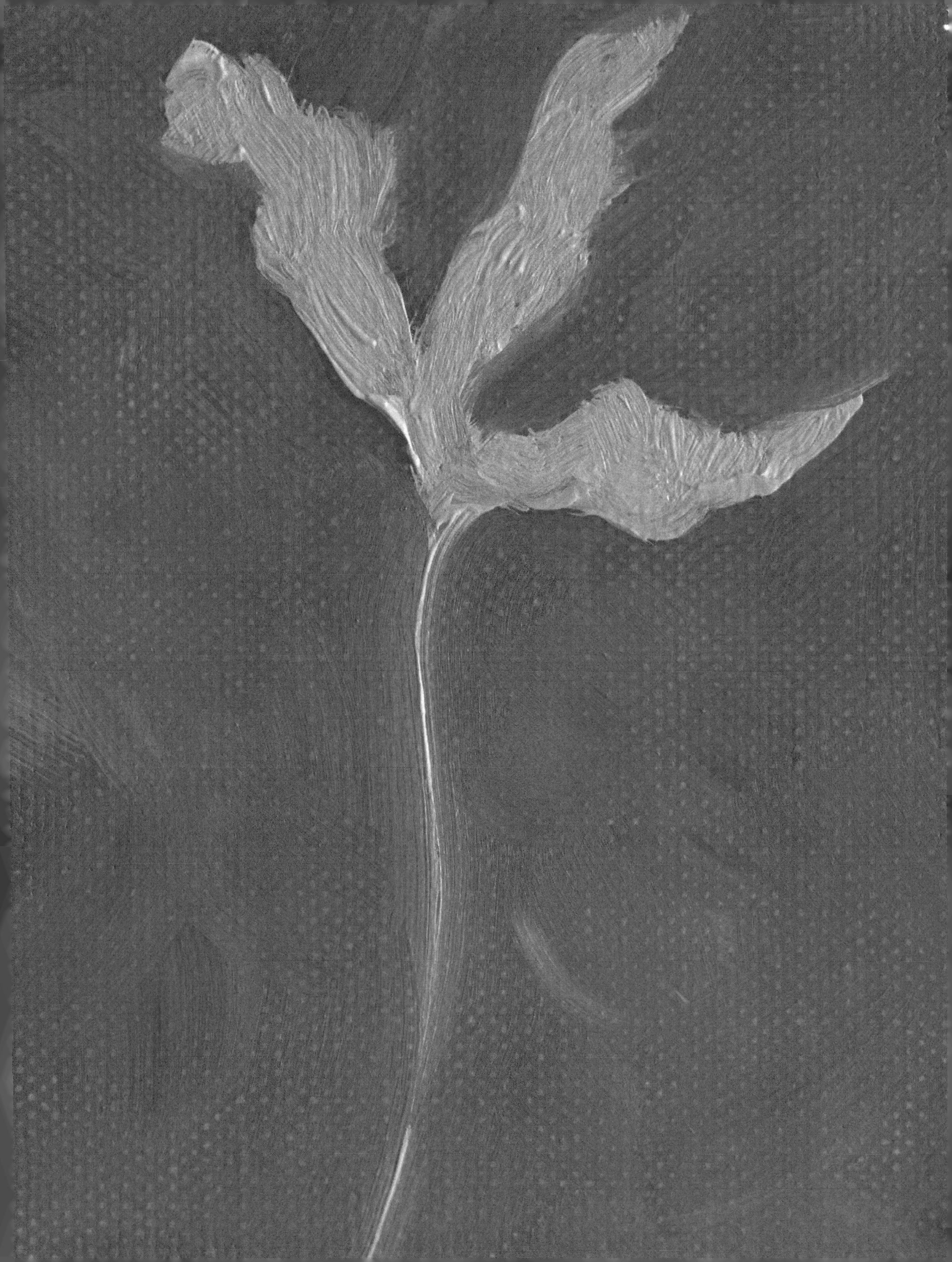

caixa 1: terremotos pressagiam passagens

neste corredor há água subterrânea — abdômen — vazamento vago barulha. neste corredor pinga um molho (uma das chaves abre o umbigo [é] mistério sem pistas). neste corredor a chave avulsa avulsa às vísceras: se desconhecem. deste corredor a aparelhos à esperteza da captação, imagem vaga um ultrassom margem. engoliu.

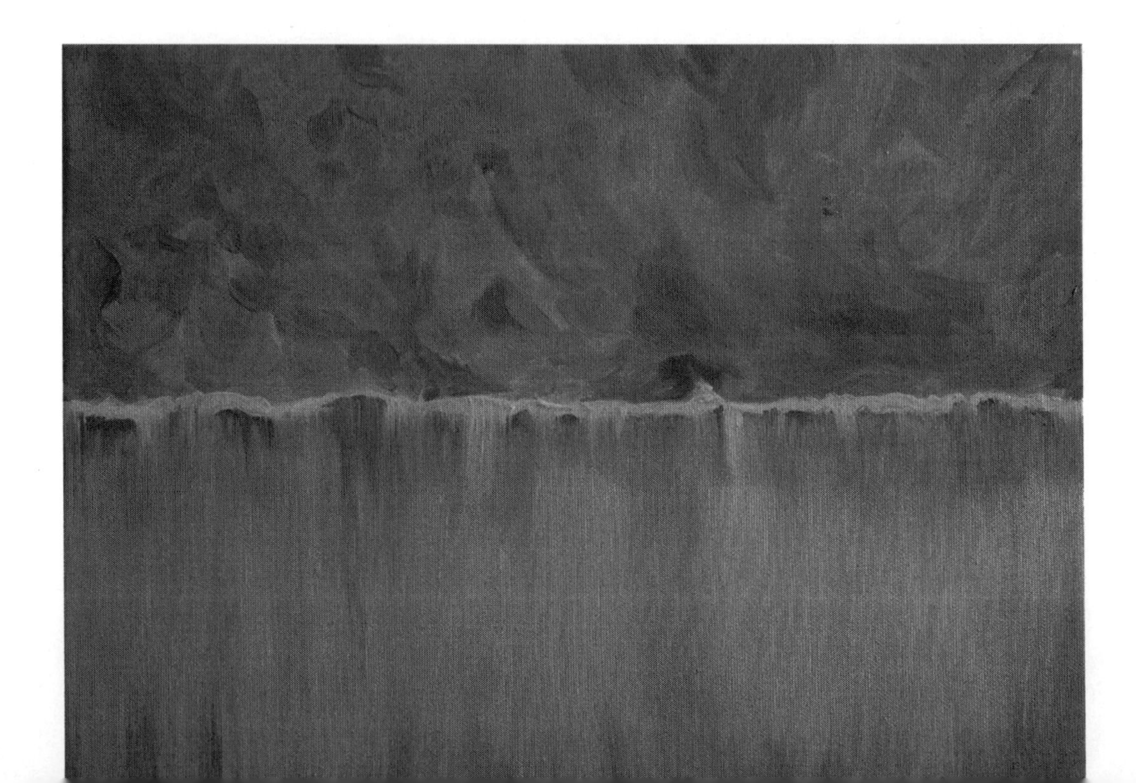

caixa 2: réia pediu demissão

desprovida da coragem de ser autofágica inventa uma mãe nova e garfa gorfa emagrece e engorda.
perguntam *já comeu?* diz- *se vim comida*. não sou a mãe nem sou mãe parida. me engole. a reclamada mãe dá a teus gases uma dor de barriga (cheia). a deusa aí é teu apetite ascendente: é a filha quem come   jaz vazia

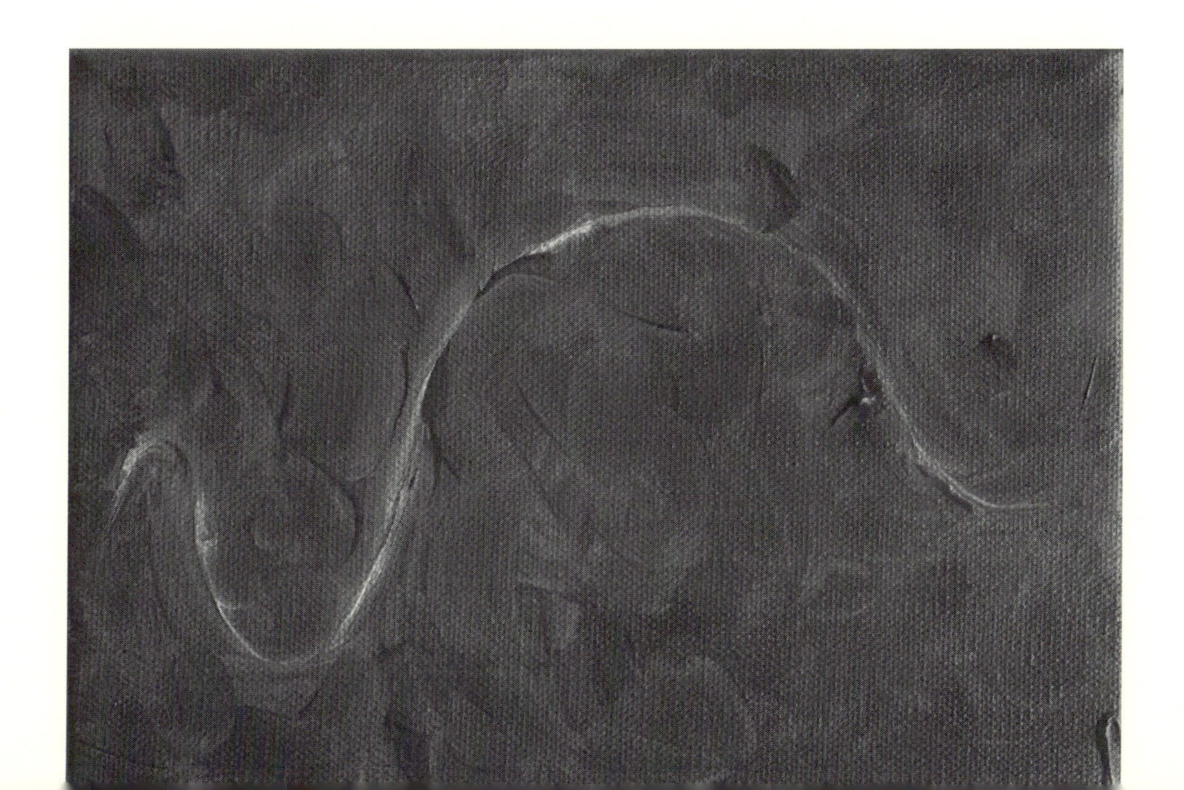

caixa 3: antiguidade clássica

todos os caminhos são repetição as patas meio de lado precisando de palmilha as patas hall da fama as patas certas todos os caminhos são repetição a água da pélvis desceu até lá - cilindro na areia todos os caminhos são repetição cascas espalhadas cascos bem marcados todos os caminhos são repetição do líquido a lama - onda na terra todos os caminhos são repetição a tese a antítese e o paleolítico todos os caminhos são repetição a reinvenção do grego a vala paleoíndia a caça nem todos os caminhos vão dar em roma.

a(na)tômicos

1. suíte

g major é um enorme astro
no ventre
entre balanços das cortinas
se repete
primitivo induzido
g major desprende
em erupção

2. encantamento

sacras no ilíaco
ali, aliás
a carne recobre os ossos
especializa-se no clitóris
botão de sair ou entrar garras ✪

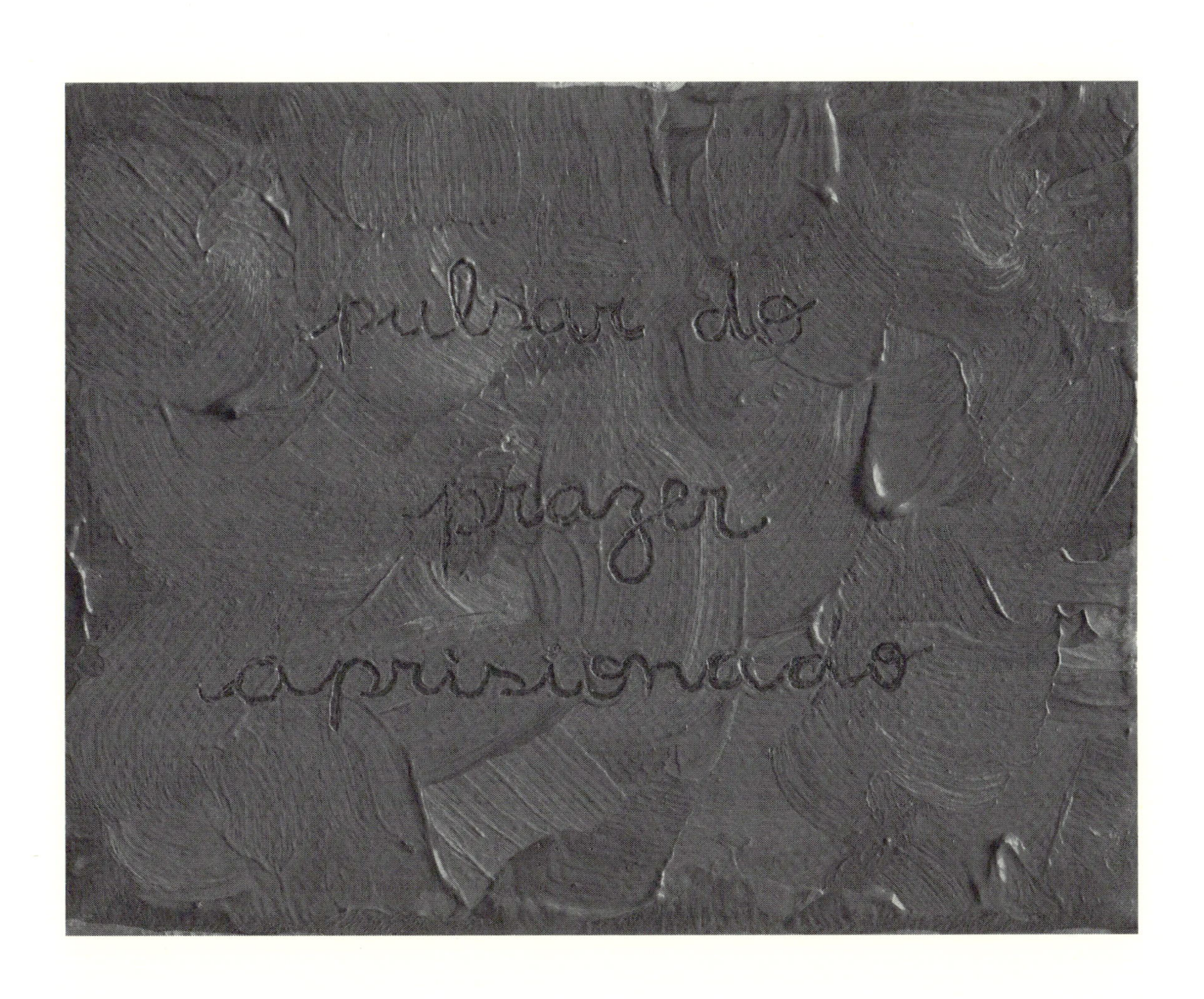
pulsar do
prazer
aprisionado

alerta

Dheyne de Souza

série **depois do fim**

Fabiano Guimarães de Carvalho

Dheyne de Souza escreve. Publicou os livros de poemas **lâminas** (martelo casa editorial, 2020) e **pequenos mundos caóticos** (kelps/puc, 2011). É doutoranda em Literatura Brasileira na Universidade de São Paulo. Tem um blog (dheyne.wordpress.com) e um canal de leitura de poemas (Pequenos Mundos - YouTube).

Fabiano Guimarães de Carvalho (1981) é psicólogo e fotógrafo residende em Rio Branco/AC.

1.

tenho o meu cabelo. tenho minha cabeça. tenho meu cérebro. tenho minhas orelhas. tenho meus olhos. tenho meu nariz. tenho minha boca. eu tenho. eu tenho a mim mesma.

2.

eu acreditei que eu tivesse conquistado a minha liberdade. desfrutei-a. compartilhei-a. semeei. colhi. tornei a plantar. e sucessivamente os dias teceram o que convenientemente chamamos de tempestades e bonanças. foram tantas assim as paragens que a terra tomou costume. e o fantasma da vigilância quase desapareceu.
foi então — não em uma manhã de sol, com fim — que o medo, um embrião, tomou pontos de ônibus. acredite, sonhos. o berço. e o mais perigoso, as vozes. falhas no tapete. tecida a teia, a liberdade, por um triz. e assim o alerta:

3.

você me abandonou?
você tem um prazo de dois meses para entregar quarenta e cinco.
você precisa de um atestado médico de um mês.
você quer tentar no crédito?
você precisa pegar a fila para pegar a senha.
você tem que vir mais vezes.
você está assustada, moça.
você não respondeu até agora.
você precisa fazer alguma atividade física.
você tem que se posicionar.
você vem de onde?
você não tem capacidade.
você não merecia tanto sofrimento.
você precisa cuidar dele.
você me desculpe, não posso fazer nada por você.
você, posso pegar no seu cabelo?
você está falando muito baixo.
você está falando demais.
você está atrapalhando o meu trabalho.
você está calada há muito tempo.
você pode trazer um café?
você não está fazendo nada mesmo.
você não é branca.
você não é preta.
você não é daqui.
você tem certeza?
você é insegura.
você está atrasada.
você está muito desconfiada.
você tem algum problema psíquico.
você tem falhas de formação.

4.

era uma vez em um tempo não muito distante nem bastante próximo na verdade um limiar sem ar logo sem falta sem presença sem ausências um tempo enfim que não existe ela cantava uma canção o mais alto que conseguia dentro do silêncio mentido de sua própria mente uma cadeia de vozes presas vorazes sedentas famintas bebendo a água do chuveiro para enganar o sal do olhar árido porém poético de nada servia tudo que pensava era em morrer enquanto fingia que não via o celular afogado na privada a vida de repente tão pública que perdeu o intervalo talvez fosse uma novela e quando acordasse de manhã como quando a mãe morreu e ela abriu os olhos no outro dia numa cama tão macia achando que era tudo um sonho mas como ela não sabia pronunciar direito outra língua ela traduzia a canção embaixo da lembrança do som do

des

perta

dor. ✪

Dove
PREMIER

Cidade Cinza 23

João Rocha é o nome por trás do projeto em preto e branco **Cidade Cinza 23**. Através de suas lentes, capta a essência da cidade e de seus moradores invisíveis. Carioca morando em São Paulo, o artista conquistou uma exposição no metrô da cidade em que reside e também a presença no projeto **Avenida Paulista**, primeiro fotolivro do selo **Vertigem** e destaque na revista **The Hidden Mag.**

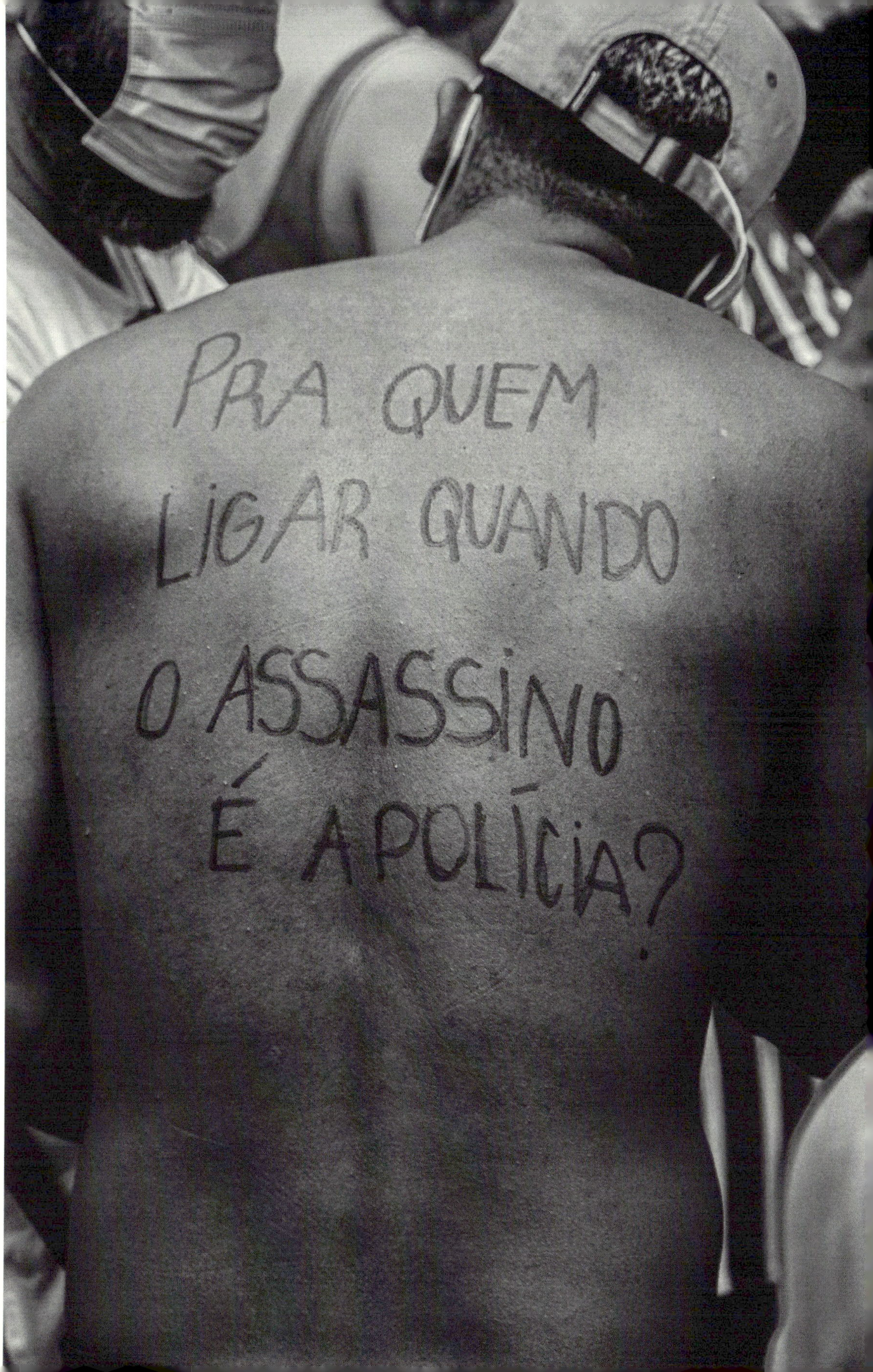

PRA QUEM
LIGAR QUANDO
O ASSASSINO
É A POLÍCIA?

“não estamos sós”

Jeferson Tenório e a importância de uma postura coletiva e decolonial.

Em meados de 2013, **Jeferson Tenório** teve uma ideia para um romance. Contaria a história de um professor de literatura negro e suas dificuldades com a esposa, o filho e a profissão. Enquanto a trama não se desenvolvia, outro livro tomou forma. *Estela sem Deus*, seu segundo romance, publicado em 2018, narra a vida de uma adolescente que sonha em ser filósofa, mas tem de lidar com a dura realidade de ser negra no Brasil.

Pouco depois de publicar *Estela*, a história do professor de literatura voltou a Jeferson enquanto ele aplicava uma prova na escola particular em que lecionava. Começou como uma voz em *off*, narrando em segunda pessoa o que acontecia naquele momento, naquela sala de aula. Jeferson gostou do rumo do texto e passou a escrevê-lo mentalmente, contando os minutos para voltar pra casa e poder de fato concretizá-lo.

No caminho, gravou o texto em áudio pelo celular para depois transcrevê-lo e dar continuidade ao que se tornaria *O Avesso da Pele*, romance que o consagraria três anos depois. Aquilo era diferente de tudo o que havia feito até então. Uma prosa muito próxima à própria vida, com um narrador que alterna entre a primeira, a segunda e a terceira pessoa.

Publicado pela editora **Companhia das Letras**, em 2020, *O Avesso da Pele* foi sucesso de público e crítica. No ano seguinte, venceu o **Prêmio Jabuti 2021** como melhor romance literário. De lá para cá, muita coisa mudou na vida do escritor. Jeferson deixou Porto Alegre e os 14 anos de docência entre escolas públicas e particulares da cidade. Seu nome é presença constante em eventos literários e na grande imprensa. Atualmente, está dando aulas como professor convidado na Universidade de Brown, nos Estados Unidos.

Jeferson Tenório tem uma habilidade única de articular em sua prosa diferentes vozes e tradições. *O Avesso da Pele* é uma história que se inspira em Hamlet para narrar a tragédia de uma família negra no Brasil dos dias de hoje. Uma narrativa que foge do óbvio e trama com rara sensibilidade e complexidade as subjetividades e destinos dos personagens.

Em conversa com a **ABOIO**, Tenório fala sobre sua trajetória de leitor de clássicos ocidentais até a descoberta dos autores decoloniais, da necessidade de manter-se atento para garantir que outros escritores negros tenham o reconhecimento que merecem, da importância da coletividade, de literatura, entre outros assuntos.

ABOIO Desde a conquista do Prêmio Jabuti 2021, você tem se destacado como um dos maiores escritores brasileiros contemporâneos. De lá para cá, é comum ver seu nome na grande imprensa, tanto como colunista quanto como entrevistado. Como é estar nesse espaço de destaque?

Jeferson Tenório Os anos de doutorado me deram um pouco mais de consciência desse local. Como eu tenho uma postura decolonial em relação ao conhecimento e de descolonizar, também, o pensamento, os saberes e as práticas, eu aprendi que para ocupar esse espaço você precisa conjugar três elementos: o poder, o saber e o ser. O que significa que, se você tem uma postura decolonial, não adianta estar numa posição de poder ou de destaque. Você precisa, também, conjugar essa relação com o saber e com o ser. Isso quer dizer que você precisa conjugar e aliar a esse lugar as demandas que ele te proporciona. Só a representatividade não funciona. É preciso que haja também um compromisso ético com as pessoas que eu represento. E esse compromisso ético tem a ver com essa conjugação do saber e do ser. Essas práticas e saberes devem também estar ocupando esse espaço. O fato de ser negro também é importante para que eu tenha mais consciência. Para não ser um Sérgio Camargo [*ex-presidente da Fundação Palmares entre 2019 e 2022*], que ocupa um lugar de prestígio e de decisões, mas não tem nenhum compromisso com os saberes.

O que pode ser feito para que você não seja uma exceção e garantir que cada vez mais escritores negros ocupem esses lugares?

Esse é um grande risco: ser cooptado por esse conhecimento hegemônico. As práticas do Ocidente fazem muito isso. É um método de colonização, uma espécie de protetorado. Você escolhe alguém de uma determinada minoria, coloca no espaço de decisões, de prestígio, e parece que as coisas estão resolvidas. Mas tenho muita consciência de que não cheguei sozinho. Eu vim junto de muitos outros que estão e que já não estão mais aqui. O fato de eu ter publicado um romance numa grande editora e depois de ter o Prêmio Jabuti como reconhecimento também são frutos de lutas históricas do movimento negro, de intelectuais negros, que vêm desde a década de 1960, passando por todos esses anos. Se eu cheguei aqui é porque a Carolina

Maria de Jesus também está comigo. Machado de Assis, Lima Barreto, Conceição Evaristo. Ou seja, não estamos sós.

Eu gosto muito da palavra *coletivo* e acho que estar nesse lugar é também ficar atento aos que estão vindo. Prestar atenção e poder, de alguma forma, ajudar a pavimentar essa estrada que foi pavimentada para mim. Temos falado muito em fazer escrita criativa, mas acho importante também fazermos uma escuta criativa, precisamos escutar de forma criativa os textos que estão chegando.

Hoje em dia, percebe-se que certas literaturas que estavam à margem estão ganhando maior visibilidade. Por um lado, temos a sensação de que a sociedade está se transformando. Por outro, também notamos que existe uma série de reações a esse movimento. Você acha que, de fato, a sociedade está mudando e está sendo capaz de escutar essas outras vozes?

É uma questão bastante complexa e não há como negar que há avanços. Houve evolução no debate e acredito que o Brasil esteja num patamar bastante adiantado nas discussões das pautas raciais, pelo menos. Temos grupos de pesquisas e centros de pesquisas muito avançados, com pesquisas de ponta que, de certo modo, acabam reverberando na sociedade. Acho que hoje temos uma gramática antirracista muito mais próxima da gente. Talvez seja muito mais fácil sair um pouco da bolha e ouvir expressões como *lugar de fala*, *prestígio branco*, *privilégio branco* e outras expressões antirracistas. Então, acho que há um avanço, mas essas reações são muito comuns.

O que aconteceu nos últimos anos no Brasil, esse avanço da extrema-direita, é uma reação aos anos que nós tivemos, principalmente nos governos do **PT** [*Partido dos Trabalhadores*], em que você tem a entrada maciça de negras e negros na universidade pelo sistema de cotas, pessoas pobres viajando pelo mundo, que começaram a ter um pouco mais de conforto e poder aquisitivo. Tudo isso gera uma reação, que é muito violenta.

Eu vejo que, sim, estamos mudando, mas isso não é pacífico. Vai haver sempre reação. O que eu posso talvez afirmar agora é que é um caminho sem volta. Não há mais como você propor uma história da literatura brasileira, hoje, sem olhar para os autores negros. É impensável isso.

A sociedade brasileira só agora pare-

> "
> *Se eu cheguei aqui é porque a Carolina Maria de Jesus também está comigo. Machado de Assis, Lima Barreto, Conceição Evaristo. Ou seja, não estamos sós.*

ce estar se dando conta da existência de escritoras e escritores negros. Descobrimos, inclusive, que um escritor canônico como o Machado de Assis era negro. Essa mudança só foi possível por conta de todo um movimento, histórico e transformador, que gera reação tanto em setores, como você disse, da extrema-direita, quanto até na própria esquerda branca. Muita gente nesses grupos tem dificuldade de entender o conceito de lugar de fala, por exemplo, e se sente ameaçada, mesmo tentando se aliar à causa antirracista. Você percebe esse incômodo?

O que tem acontecido é que há um esforço de escritores e intelectuais brancos em contribuir com a causa. Vejo pessoas muito boas envolvidas — comprando brigas, inclusive — que é o que se deve fazer para podermos avançar um pouco e termos uma sociedade realmente democrática.

Por outro lado, há também receio do lugar de fala. Há o medo do cancelamento, de ser tachado de racista, ou de estar tomando o protagonismo da luta. Tem toda uma discussão e o que eu penso disso tudo é que não há avanços sem correr riscos.

Então, se um escritor branco, por exemplo, quer fazer um livro em que o protagonista é negro, eu super incentivo. Ele deve fazer porque nós temos poucos protagonistas negros. Mas isso não significa que você vai receber confetes depois. E que não vai sofrer críticas. Assim como eu, enquanto homem, se pretendo fazer uma personagem feminina como protagonista, estou correndo riscos e posso sofrer críticas depois. É assim que avançamos. Eu vejo essas iniciativas como positivas, mas elas não podem servir para paralisar.

A reação que vem da extrema-direita, todavia, é muito mais preocupante. Recentemente, você sentiu isso na pele, sendo ameaçado de morte e tendo de cancelar um evento. Como foi passar por isso?

Esse evento foi na Bahia. Eu ia conversar com alunos de uma escola particular, bilíngue, em Salvador. Era a primeira vez que estava indo. Dias antes, comecei a receber mensagens ameaçadoras dizendo que, se eu fosse pra Bahia, ia morrer. Não cancelamos o evento. Eu participei, mas foi online, porque a escola não garantiu a segurança.

O que me deixou bastante surpreso foi o fato de o meu livro e de o Prêmio

Jabuti incomodar essas pessoas, porque as mensagens giravam muito em torno disso. A pessoa falando mal do meu livro, com xingamentos, e falando coisas horríveis sobre eu ter ganhado o prêmio.

Eu chamo essa reação de ansiedade do Ocidente. É uma ansiedade provocada pelo receio da revolta. Significa dizer que para um autor negro chegar a ter essa repercussão, ganhar um prêmio, é porque ele deve ser muito bom; então, se ele é muito bom, ele pode tomar o meu lugar. Gira um pouco em torno disso, desse medo de perder o privilégio, de perder o lugar. Isso gera uma reação bastante violenta e contundente.

No primeiro momento, eu me senti bastante ameaçado, acossado, mas depois, quando tornei pública a ameaça, me senti muito melhor. As investigações continuaram e encontraram os culpados.

Recentemente, em uma coluna, você afirmou que a crítica ao identitarismo, hoje, é uma nova forma de racismo. Você pode explicar essa tese?

É uma ideia que eu acabei defendendo em função da crítica às pautas identitárias.

O movimento conservador falar que não tem ideologia é uma grande contradição. Todos nós nos vinculamos a uma ideologia. O problema é quando essa ideologia provoca violência ou a morte do outro.

Eu vejo a questão identitária como uma das mais importantes dos últimos anos. No caso das questões raciais, o fato de você racializar as pessoas brancas, falando da branquitude, às vezes é entendido como um xingamento, mas na verdade não é. Falar em branquitude é racializar as pessoas brancas, algo que não era comum. Só se racializam as pessoas negras.

Essa discussão acaba entrando na minha produção ficcional, uma coisa que eu não fazia antes. Nos meus primeiros textos, eu não racializava as pessoas brancas porque elas estavam no lugar natural, no lugar natural do ser humano. As pessoas que deveriam ser racializadas eram os negros. Tanto é que, se um autor não coloca cor nos personagens - existem pesquisas que provam isso -, o leitor infere que estes são brancos. Isso tem a ver com esse imaginário que nós carregamos dessas representações.

Acredito que a pauta identitária é bastante importante, mas nós não podemos limitar nossa existência às identidades, que são moventes. Gosto muito de uma

> "O *que eu posso talvez afirmar agora é que é um caminho sem volta. Não há mais como você propor uma história da literatura brasileira, hoje, sem olhar para os autores negros. É impensável isso.*

expressão que **Stuart Hall** usa: "a identidade é uma raiz movente". Ela tem esse caráter tanto de fixar quanto de se mover. Acredito que em alguns momentos nós precisamos dessa identidade; em outros, não. É sempre um movimento de idas e vindas.

Você defendeu recentemente sua tese de doutorado, que foi bastante importante para a formação do seu pensamento. Sobre o que é a pesquisa?

O tema do meu doutorado são as representações paternas nas literaturas luso-africanas. A tese inicial era de que a paternidade do Ocidente era sempre representada de um modo trágico, traumático, com muito sofrimento e situações de abandono e de ausência. Raramente, você encontra livros que fazem um elogio à paternidade.

Eu achava que as literaturas produzidas em países africanos tinham outra relação, que mostravam outra representação paterna. Comecei lendo a história dos orixás, dos mitos africanos, para ver como era essa representação e percebi que tinha algo diferente. Estudei três livros. *Até que as pedras se tornem mais leves que a água* (Editora Dom Quixote, 2017), do escritor português **António Lobo Antunes**; *As mulheres do meu pai* (Língua Geral, 2007), do angolano **José Eduardo Agualusa**; e *Niketche: uma história de poligamia* (Companhia de Bolso, 2021), da moçambicana **Paulina Chiziane**.

Abordei como a representação paterna acontece nesses três romances. No primeiro momento, até a metade da minha pesquisa, eu acreditava que, de fato, havia uma diferença nessas paternidades. Mas quando eu comecei a ler teorias sobre a modernidade, a pós-modernidade, e leituras sobre a decolonialidade, eu percebi que, na verdade, estava tendo um olhar ingênuo em relação a essas representações na África. Na verdade, uma idealização dessa paternidade.

Dois livros foram fundamentais para que eu entendesse que representação era essa. Um foi *A invenção das mulheres* (Bazar do Tempo, 2021), da **Oyèrónkẹ́ Oyěwùmí**, uma filósofa nigeriana, e o outro foi o livro da Paulina Chiziane, *Niketche*. Ali eu percebi que as tradições foram contaminadas pela modernidade.

Portanto, as relações paternas também acabaram sendo modificadas nessas comunidades. No primeiro momento, eu achava que não, que eram comunidades intactas, que os pais exerciam uma determinada paternidade. Até eu perceber que não.

Ou seja, os pais são causadores de trauma, seja onde eles estiverem.

É um tema que dialoga bastante com O Avesso da Pele. Qual a relação entre a pesquisa e o romance?

Tem a ver com o que eu vinha pesquisando. Que pai é esse dentro desse contexto pós-colonial, das guerras coloniais, do racismo, da xenofobia? Comecei a pesquisa concomitante à escrita do livro. O romance eu comecei um pouco antes, acho que um ano. Mas foi durante a pesquisa que comecei a entender que tipo de pai era esse que eu estava construindo.

Eu não queria um pai idealizado, que era o que eu estava pensando, mas também não gostaria que fosse esse pai ausente ou causador de trauma no filho. Queria que ele ficasse no meio-termo, que é um pouco a minha própria paternidade, no sentido de que eu proponho uma paternidade que seja mais afetiva, coletiva e familiar, em contraponto a essa paternidade mais individualista e que deixa tudo a cargo da mulher.

Mas eu não posso esquecer que a minha formação é ocidental. Então eu não podia fazer um personagem idealizado, tinha que fazer um que ficasse nesse meio-termo. Só consegui achar esse tom através da pesquisa.

Pensando na sua trajetória até o decolonialismo, como foi sua formação como leitor?

Não fui bom leitor, não lia na infância e na adolescência. Só fui ler meu primeiro livro aos 23 anos, um livro de contos do Rubem Fonseca. Mas a vontade de escrever foi anterior à leitura. Já na adolescência eu escrevia muitos diários e depois, aos 18 anos, eu escrevi uma novela. Obviamente, uma história ruim, porque eu não era leitor. Não tinha muita ideia de como fazer narração.

Acho que a vontade de virar escritor veio quando, aos 24 anos, eu escrevi meu primeiro poema, mandei para um concurso da faculdade e ganhei o primeiro lugar. Aí achei que ia ser poeta, mas foi o único poema que deu certo. Depois migrei para o conto. Também ganhei um concurso. Achei que ia ser contista também, mas não consegui continuar com os contos. Até que eu achei o romance, para mim, o gênero que eu mais consegui e me sinto mais confortável para fazer. Por quê? Porque para mim

> "
> *Portanto, as relações paternas também acabaram sendo modificadas nessas comunidades. [...] Ou seja, os pais são causadores de trauma, seja onde eles estiverem.*

é um gênero da paciência, da demora. É um gênero que te permite errar. E eu acho que errar é fundamental quando você quer fazer alguma coisa importante na literatura. É um gênero que eu me sinto mais confortável.

As minhas referências literárias começam, primeiro, com uma literatura muito ocidental, com os clássicos, **Hamlet, Cervantes, Tolstói, Dostoiévski**. Dois anos depois, na faculdade, eu começo a ler os autores norte-americanos negros, **James Baldwin, Toni Morrison, Ralph Ellison**, e só depois, já no fim da faculdade, é que eu vou descobrir **Machado de Assis, Lima Barreto, Carolina Maria de Jesus**. Fui fazendo todo um caminho inverso até eu me entender como um escritor negro, porque, até então, eu achava que isso não era possível, que uma pessoa negra pudesse ser escritora.

Num *post* recente, você comentou uma fala que decretava o fim da autoficção da seguinte forma: "Agora que nós chegamos, querem acabar com a autoficção". Você pode falar um pouco mais sobre isso?

Em meados de 2010 saiu um artigo de um crítico espanhol dizendo que a autoficção havia chegado ao esgotamento, ninguém mais aguentava escritores falando da própria vida nos livros, era preciso avançar. Li com desconfiança na época, mas não sabia por quê.

Passados alguns anos, até chegar ao *O Avesso da Pele*, que pode ser considerado uma autoficção, porque é muito próximo da minha vida, eu chego a essa reflexão, ***como assim a autoficção chegou ao esgotamento? Chegou ao esgotamento para quem?*** Eu mal comecei a fazer esse tipo de narrativa. E aí dizem que esse é um gênero que já não vale mais.

Como você comentou que *O Avesso da Pele* pode ser lido como autoficção, o que seria autobiográfico nele? E quão relevante é saber sobre a sua vida pessoal para analisar o livro?

Engraçado que, semana passada, entramos num debate parecido com os alunos da [*Universidade de*] Brown sobre o livro do Lobo Antunes. Questionamos se era pertinente saber que o Lobo Antunes é um psiquiatra, por exemplo, porque ele coloca algumas expressões, algumas situações, que, se a gente sabe que ele é psiquiatra, bom, nada é gratuito ali, as palavras que ele está colocando. Será que isso importa saber? Eu acho que importa e não importa. Depende da leitura que você quer fazer do livro. Uma coisa é você fazer uma leitura de um livro sem ter conhecimento nenhum do autor. Outra é você fazer sabendo quem é o autor. São duas leituras diferentes, nem menor, nem maior, ou pior ou melhor, são tipos de leituras e de propostas.

Agora, a minha questão é que para autores negros e negras, o biografismo pode ser danosa no sentido de não haver um reconhecimento de uma escrita literária e achar que aquilo é apenas um relato. Considerar o texto um desabafo social, alguma coisa voltada para a antropologia, como o livro da Carolina foi visto por muito tempo. Se essa leitura for feita desse modo, eu acho que entramos num terreno bastante perigoso. É como se, "ah, se o livro é bom, não é porque ele consegue criar, é porque ele contou a vida dele". Acho perigoso nesse sentido. Mas não vejo problema em as pessoas classificarem *O Avesso da Pele* como autoficção.

Para alguns livros é convidativo e interessante pensar na vida do autor, mas, para outros, não necessariamente. Como *O Avesso da Pele* carrega um senso de coletividade muito forte, parece desnecessário. O livro parece falar de uma experiência individual que é coletiva. Nenhum personagem tem o seu nome e o livro não convoca essa leitura. Mas, para além do racismo, um dos aspectos que chama a atenção na obra são os afetos. No primeiro disco solo do Mano Brown, *Boogie Naipe* (2016), muita gente foi pega de surpresa ao escutar Brown falar de amor, como se não fosse permitido a ele isso. Numa entrevista na época, ele afirmou que sempre quis cantar sobre amor, mas as circunstâncias não permitiam. Já você, no *Avesso*, pôde falar de tudo, tanto de afetos quanto da realidade social, contribuindo para a criação de camadas de subjetividade do homem negro dentro de um romance complexo e abrangente. A criação dessa subjetividade foi uma preocupação sua? Você acha que esse tipo de silenciamento ao qual o Brown foi submetido — ao não poder falar de amor no início da carreira, entre os anos 1980 e 1990, para ter de lidar com questões mais duras e urgentes — está sendo revertido?

Acho que esse é um movimento natural de escritores, como o **Ferréz**, por exemplo, que lá atrás escreveu um grande livro chamado *Capão Pecado* (Companhia

"
Todo o tempo nós queremos falar das relações entre as pessoas e a realidade nos obriga, de certo modo, a ter que escrever sobre aquilo que nos agride todos os dias.

das Letras, 2020) e, alguns anos depois, lançou um livro chamado *Deus foi almoçar* (Planeta, 2012), e todo mundo ficou surpreso por não ser um livro falando exatamente da violência. Mas nós temos o **Paulo Lins**, por exemplo, que escreve o *Cidade de Deus* (Tusquets, 2018) e depois vai escrever um livro sobre amor.

Todo o tempo nós queremos falar das relações entre as pessoas, mas a realidade nos obriga, de certo modo, a ter que escrever sobre aquilo que nos agride todos os dias. Eu tenho conversado sobre isso com a Conceição Evaristo, sobre essa possibilidade que nós temos de poder escrever sobre outras coisas e sobre o amor. É um tema que muitas vezes nos é negado. Mas quando eu começo a pensar num personagem, ou num livro, eu não começo pelas questões sociais, pelas pautas identitárias. Nunca começo por aí. Eu começo com as relações existenciais. Eu me considero um existencialista, num certo sentido. Não é à toa que intelectuais como **Frantz Fanon**, por exemplo, vão se vincular ao existencialismo, porque eles entendem que aquela filosofia, a partir do ponto de vista dele, ganha uma potência que, de certo modo, nos afasta justamente desse lugar que querem nos colocar. Ou seja, nós adquirimos uma independência intelectual a partir desse recorte existencialista, então penso nas subjetividades a partir das relações existenciais. E aí elas vão sendo atravessadas pelas questões sociais e não o contrário.

Em *O Avesso da Pele*, Pedro, o narrador, está deliberadamente criando a história do pai morto. Qual o significado desse gesto?

Tem uma questão simbólica aí, mas também tem uma questão técnica, que é mexer um pouco com as regras da teoria literária. Ou seja, criar esse narrador em primeira pessoa, que é onisciente, tem acesso aos pensamentos do pai, aos pensamentos da mãe, à intimidade deles, que é algo que eu já vinha pensando que poderia fazer, e coloquei em prática em *O Avesso da Pele*.

A questão simbólica tem a ver com essa invenção do pai, que é como ele [o narrador] lida com a ausência paterna. Ele vai fazer isso criando um pai que não é o pai exatamente, mas é o pai com o qual ele consegue lidar, o pai que ele inventa para conseguir estabelecer uma nova relação mediada pela ausência. Ou seja, o pai não está morto, o pai, de certa forma, continua ainda incidindo na vida dele. O pai ainda está presente na fala dele, na memória dele, nas lembranças, como se esse pai estivesse, enfim, acompanhando também a trajetória dele. Isso se dá pela invenção. É assim que lidamos com a morte do outro, estabelecendo uma nova forma de lidar com essa ausência.

Outra imagem recorrente no livro são os fantasmas, desde a epígrafe, que evoca *Hamlet*, a várias menções dentro da obra. O trabalho narrativo de Pedro é encarar os fantasmas da família. Quais são os significados dessa imagem para você?

O que o Pedro faz é uma espécie de arqueologia sentimental. Ele vai esmiuçando essas ausências. Quando eu li *Hamlet* pela primeira vez, foi um dos primeiros livros que eu li na faculdade, essa imagem do pai fantasma me impactou muito, principalmente em função da relação que eu tinha com o meu pai, que era uma espécie de fantasma também. Esse ser que não está morto, mas está ausente, mas, ao mesmo tempo, ele também é presente, justamente em função da ausência. Quando eu pensei nesse personagem, eu achei que essa imagem do fantasma, como você bem disse, acaba tendo e ocupando várias representações.

Eu quis até fazer uma brincadeira com o nome do Henrique. Eu queria que o Henrique se aproximasse de Hamlet (Henrique/Hamlet), porque não é o Pedro que tem as características do Hamlet, é o Henrique, porque ele é esse sujeito que hesita nas ações. Ele é apático, ele pensa demais. Mas aí, quando ele decide fazer alguma coisa, ele é trágico, como Hamlet.

Hamlet demora, faz uma peça para ver se realmente foi o tio que matou o pai. Aí ele vê alguém se mexendo atrás da cortina, vai lá e mata, uma coisa intempestiva, sem raciocinar muito. E é um pouco o que o Henrique acaba fazendo ao final do livro, quando ele é abordado pela polícia ele tem uma reação intempestiva. Ou seja, ele aguentou todos esses anos, todas as abordagens, todas as violências, tudo que ele passou, e então decide tomar uma decisão trágica. ✪

a voz do silêncio

Nabylla Fiori

série **silêncio**

Geovana Araújo Côrtes Silva

Nabylla Fiori é terapeuta da Medicina Chinesa e doutora em Tecnologia e Sociedade pela UTFPR. Graduada em Letras pela mesma instituição, realiza alguns trabalhos de revisão de tradução, preparação de texto e revisão de provas com a editora **Tenda de Livros**. É apaixonada pelas artes corporais chinesas e a sua filosofia. Escreve sobre isso na newsletter Meandros.

Geovana Araújo Côrtes Silva (1996) é graduada em Comunicação Social com habilitação em Produção em Comunicação e Cultura pela UFBA (2018) e mestranda pelo programa de pós-graduação em Artes Visuais na linha de pesquisa processos criativos, onde pesquisa poética do inacabado e instalação pela UFBA. Participou de exposições coletivas como **Do right (write) to me** com curadoria da Ana Roman e Dainy Tapia, no espaço ChaShaMa, em Nova York, e no Miami Design District, em Miami (2021), **Fotografia Amor e Luta** pela Revista OLD com circulação nacional (2019) e **Olhos da Rua** organizada pelo Labfoto na Faculdade de Comunicação (UFBA) em 2018.

Antes de existir a voz existia o silêncio.
Arnaldo Antunes e Carlinhos Brown, **O Silêncio**

Sempre vejo anunciados cursos de oratória.
Nunca vi anunciado curso de escutatória.
Todo mundo quer aprender a falar
Ninguém quer aprender a ouvir.
Rubem Alves, **Escutatória**

Da imagem, a escrita; do som, a fala. A linguagem se expressa em gestos e movimentos. Gestos com as mãos e com todo o corpo, posturas como gesto, gestos de olhares. Movimento da mão que guia a caneta no papel, movimento da língua tocando partes diferentes do interior da boca enquanto recebe o movimento do ar que sai dos pulmões e passa pela laringe. A linguagem é sempre movimento, como a vida. Interação entre forças, matérias, indivíduo e meio.

A escrita, em muitas culturas, nasceu como representação ideográfica da realidade ou do pensamento. Símbolos expressando ideias. Na língua chinesa, alguns caracteres expressam ideias a partir da representação de uma forma; outros juntam duas ou mais ideias para formar uma outra; há também aqueles que apresentam um radical que remete ao significado, seguido de um outro elemento que remeta ao som.

Há ainda o 易經 Yì Jīng (ou I Ching), o *Livro das Mutações*. Clássico e fundante da cultura chinesa. Todo escrito em símbolos: 6 linhas sobrepostas, sendo que cada linhas representa ou a energia Yīn, ou o seu oposto complementar, Yáng. Em 64 combinações (de 8 trigramas — Céu, Terra, Fogo, Água, Montanha, Trovão, Vento e Lago), apresenta todas as formas em que a energia se expressa no mundo, na interação entre as forças da natureza.

Dizer que Yīn e Yáng são opostos complementares significa que não há um sem o outro. Se um representa o escuro, o outro é o claro; um é a noite, o outro é o dia; se um desce, o outro sobe; um é Terra, o outro é Céu; um contrai, o outro expande. São duas faces de uma mesma moeda. Sendo assim, cada hexagrama tem também possibilidades interpretativas em aberto, e não estanques. O livro é das mutações, afinal. E nada, nada, escapa à mutação. Nada é somente yīn ou yáng. Porque dentro do yīn, há yáng, e dentro do yáng, há yīn, que no seu interior tem yáng que, por sua vez, terá yīn, que... Infinitamente dançam gerando e transformando tudo o que existe.

Assim, a luz gera sombra, o grande só o é em relação ao baixo, a expansão só é possível porque já foi recolhimento.

A voz existe porque há silêncio.

*

De quantas vozes se faz uma pessoa? O discurso da família, do contexto, da escola, do país, dos vizinhos, dos amigos, das afinidades, dos gêneros, da ciência... Todos eles nos constituem. Somos feitos de palavras, nomes, ideias; falamos, logo existimos.

"Uma voz foi feita para falar, como o Sol para aquecer e iluminar". Como raios de sol, as frases, quando saem de mim, ganham vida própria, já não mais me pertencem. Se espalham pelos ares e a cada um afeta de um modo. Da minha voz, cada um absorve o que lhe cabe, o que lhe toca. Interpretações ambíguas se criam.

Mas a palavra move o mundo, é o que dizem. Na cultura cristã inclusive, não se diz que "no princípio era movimento/ação": "no princípio, era o Verbo". O verbo não apenas representa a ação, mais que isso, ele é a agência em forma de palavra.

Em si, a palavra é inútil. Do que se faz dela é que se move o mundo. Quantas vezes ideias nobres justificaram atos sórdidos! Quanta barbárie se produziu em nome de causas "nobres"?

A palavra é a nossa ontologia. Não apenas fazemos, falamos o que fazemos; não só trabalhamos, falamos sobre o trabalho.

Viver, então, é também se comunicar. Internamente, nossos órgãos se comunicam. Há um ditado chinês que diz que "os Pulmões recebem os 100 navios na audiência matinal". Assim, se os pulmões não se comunicarem corretamente com nossos vasos sanguíneos, os demais órgãos não recebem a nutrição que necessitam para funcionar corretamente. Sinapses químicas promovem o bom funcionamento do nosso cérebro, de modo que sem essa comunicação entre neurônios, o sistema vai falhando.

Se a comunicação nos é impedida, também o entendimento, a participação, a união são prejudicados. O avanço, que poderia resultar disso, fica, então, bloqueado. Obstrução, impedimento, adversidade, estagnação... Todos são possíveis significados do ideograma 否 (pǐ).

Na parte superior do ideograma, há o caractere de 不 (**bù**), significando "não". Na parte inferior, 口 (**kǒu**), representa boca, entrada, abertura. Juntos, uma boca contida, silenciada, fechada; é a negação do alimento que entra e da fala que sai.

Na dinâmica exposta no Yì Jīng (I Ching), o céu tende a subir e a terra, a descer. O hexagrama de 否 (**pǐ**) traz a imagem do céu sobre a terra. Se aquele sobe e esta desce, há um afastamento. Quando yīn (terra) e yáng (céu) se distanciam, o movimento (a vida) não ocorre. É na integração de ambos, é quando essas duas forças se tocam, se misturam, interagem, que o ser humano se faz. A comunicação entre céu e terra é a matéria-prima da humanidade. Como uma árvore se conecta com o céu e dele absorve luz solar, e se conecta com a terra, absorvendo nutrientes para a sua sustentação, há uma comunicação que ocorre no tronco. Não há ser humano sem tronco. É ali, onde estão todos os nossos órgãos, que se dá a comunicação entre eles. A comunicação entre eles também gera as nossas emoções, assim como possibilita a nossa comunicação com o entorno.

Comunicar, do latim *communicare*, "usar em comum, partilhar", ou de *communis*, "comum". Comunicação não é apenas o que nos coloca em relação, senão que é a relação em si mesma.

A boca fechada, impossibilitada de nutrição e de discurso, é a energia que não flui e que, portanto, não possibilita o desenvolvimento. Estagnação.

Energia estagnada no corpo gera dor. Estagnação na sociedade também. Uma sociedade que se organiza para silenciar as vozes que anunciam a mudança causa dores e se adoece enquanto organismo. Se o universo inteiro se transforma, por que as instituições humanas insistem em permanecer as mesmas? Por que, enquanto humanos, insistimos nós em permanecermos "nós mesmos"?

O silêncio é bem-vindo. O silenciamento, entretanto, é ação opressora, autoritária, recurso de quem não sabe ouvir outras visões, ou de quem sabe que está errado e não sabe como defender o seu ponto de vista. É o recurso daqueles a quem a estrutura social estagnada favorece. São eles as próprias dores da humanidade.

E é do silenciamento que surge a vontade do grito. "Como é difícil acordar calado/Se na calada da noite eu me dano/ Quero lançar um grito desumano/Que é uma maneira de ser escutado". A tentativa de calar é, na realidade, fertilizante da revolta. Yīn e yáng: de um lado se apaga, do outro se acende; e quanto mais se amordaça, mais o grito fermenta.

*

Como yīn e yáng são dois lados de uma mesma situação, que se retroalimentam e guardam cada um em si o gérmen do outro, no Yī Jīng há sempre mais de uma perspectiva para uma questão. O silêncio e o afastamento autodeliberados também podem auxiliar a superar obstruções. Muitas vezes o melhor caminho é se retirar de uma situação até que as condições se transformem. Como as ondas do mar que vêm e vão, que voltam para retomar força antes de romperem mais uma vez. Refluxo, recolhimento antes da maré cheia. É o tempo, às vezes, que possibilita o surgimento de um novo contexto mais favorável à ação.

O silêncio, então, é sim bem-vindo. Obstruir a boca da alimentação tóxica a que somos expostos e a que expomos os demais. Cala-se a boca, abrem-se os ouvidos e os olhos. Nutrição para a mente e para o coração.

Há um potencial do silêncio. Porque o silêncio é o vazio e no vazio tudo cabe. O silêncio é um criador por excelência. Esse vazio é grávido de possibilidades. Tal qual uma sala vazia, prenha de possíveis. "Trinta raios convergem para o centro da roda/ Mas é o vazio do meio/Que faz andar a carroça". Contudo, nós fugimos dos momentos grávidos, porque queremos recriar nosso eu a todo instante. Dos momentos estéreis, de silenciamento, desses, sim, há que se fugir. Não do silêncio.

Escapamos por medo. E daquilo que temos medo tentamos entender, categorizar, dar sentido, nomear. Categorizar é outra forma de controlar. Determino o que aquilo é, conto a sua verdade sem ouvi-la, e só lhe permito a existência se inscrever em seu corpo seu nome e classificação. Não aceito a simples e livre existência daquilo que não conheço e não sei dar nome. Objetifico nomeando e é a partir daí que a sua história tem valia para mim.

Do falar desenfreado, da necessidade de controlar, perde-se a atenção. Recebo o outro com as minhas vozes internas, com as vozes que me fizeram eu mesma. As vozes das minhas experiências passadas e das experiências que ingeri de outros. Recebo o outro como se estivesse estufada, barriga cheia em que não é possível absorver mais nada. O outro só tem existência, então, se eu conseguir sobrepor a minha voz, e as minhas (oh! tão nobres!) verdades sobre as dele.

A primeira vez em que tentei meditar, minha perna gritava. Ouvia um pontinho nas costas me dizer claramente: "oi, olha eu aqui, tô doendo". Quando nos colocamos para ouvir os outros, isso também acontece. De um modo ou de outro estamos sempre dizendo: "oi, tô doendo".

E há vários barulhos, agitados, internamente. São os nossos apegos às ideias, às escolhas que outros fizeram antes de nós e que, sem silenciarmos, apenas aceitamos e seguimos repetindo o mesmo mantra. Não conseguimos nos afastar deles, silenciá-los. Não conseguimos abrir o peito livremente para afirmar a nossa presença, e aceitar o que vem do outro sem filtrar (e, por vezes, negar) com nossos ruídos.

Burburinhos, rumores, gritarias, nos tomam numa paisagem sonora sem fim. Atordoam a nossa mente e, desnorteados, seguimos os sons de passos já percorridos, pela segurança, sem questionarmos o caminho. Somos feitos de carne e de sons.

Silêncio não é ausência de ruídos: isso seria impossível. Silêncio é uma qualidade do agora. Existe enquanto abertura. É a pausa antes da decisão; a que constrói o campo de possibilidades. Sem silêncio não há escolha.

Silêncio não é passividade, nem castigo. Silêncio é potência. O silêncio é possível: a pausa, o relaxamento. Do yáng e do yīn, expansão e recolhimento: isso é movimento. O silêncio é a mola propulsora de outros mundos.

Uma semente também vive em silêncio. Não percebemos a força do seu grande trabalho interno. Até que se rompe a casca, explode. Num átimo que desabrocha. Ali não há dúvidas, não há erros, não há desvios. Em seu silêncio desenvolveu seu projeto de ser até que num instante, de voz, se faz planta.

Podemos nos silenciar e ouvir a voz do silêncio, que nasce de dentro, que se gesta, e então se materializa em som e depois em ação, em gesto e em acontecimento. Do corpo é que se nascem as utopias. A voz revela o que o silêncio cria. ✪

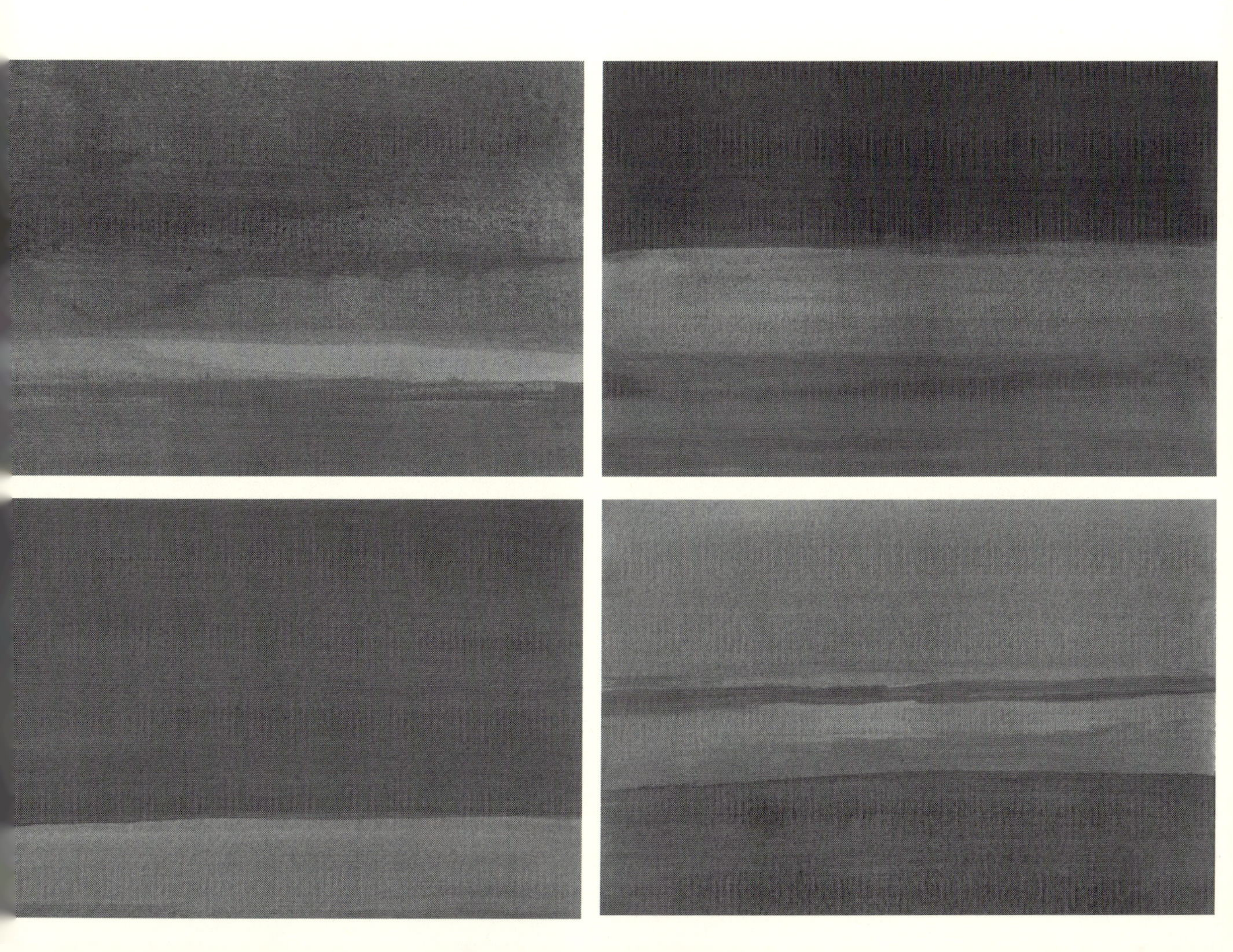

o que ressoa é o fosso dessa voz

Carlos Orfeu

série **silêncio**

Geovana Araújo Côrtes Silva

Carlos Orfeu mora em Queimados, Baixada Fluminense. É autor de **nervura** (2019), **invisíveis cotidianos** (2020), ambos pela Editora Patuá, e **Ramagem Pulmonar** (Editora Primata, 2021).

Geovana Araújo Côrtes Silva (1996) é graduada em Comunicação Social com habilitação em Produção em Comunicação e Cultura pela UFBA (2018) e mestranda pelo programa de pós-graduação em Artes Visuais na linha de pesquisa processos criativos, onde pesquisa poética do inacabado e instalação pela UFBA. Participou de exposições coletivas como **Do right (write) to me** com curadoria da Ana Roman e Dainy Tapia, no espaço ChaShaMa, em Nova York, e no Miami Design District, em Miami (2021), **Fotografia Amor e Luta** pela Revista OLD com circulação nacional (2019) e **Olhos da Rua** organizada pelo Labfoto na Faculdade de Comunicação (UFBA) em 2018.

1

a voz ascende de todas as raízes entrelaçadas.

Herberto Helder

escutar a voz
parida do pulmão

com o molar
moldar o espaço: o corpo

casa-arterial: raiz
de outras casas:
parto de outras vozes

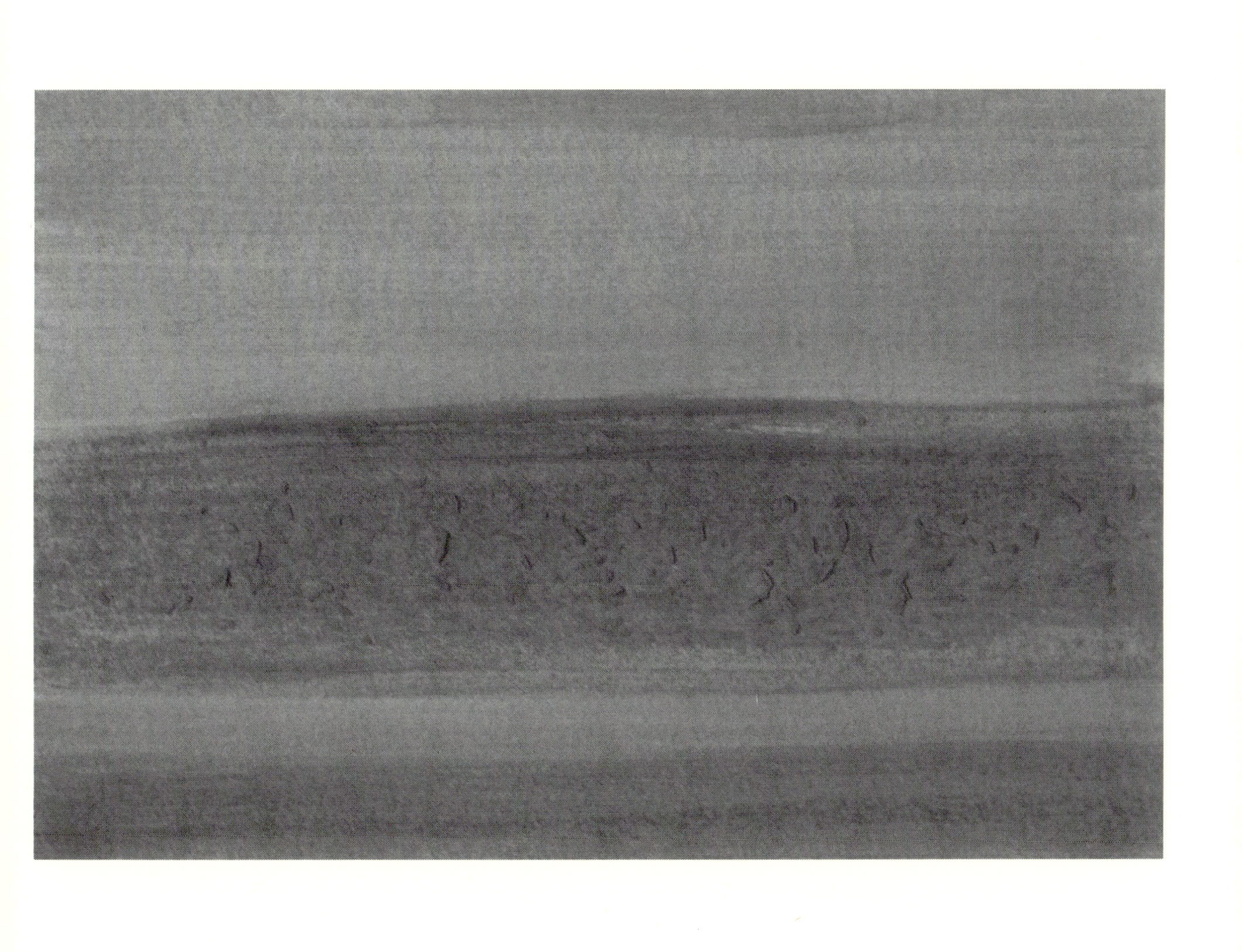

2

um oceano desabrocha na garganta
o que ressoa é o fosso dessa voz

3

horizonte de nervo em espiral
tórax: vértebra: cartilagem

imaginar um corpo na escuta
da alucinação vocal

um caminho inaudito
elo de respiração

o jantar

André Balbo

em ordem de aparição

i wanna belong to the living abre caminho

Nina Horikawa

André Balbo é editor da revista **Lavoura** e autor de **Agora posso acreditar em unicórnios** (Reformatório, 2021). Realiza leitura crítica, edição e revisão de originais de prosa de ficção.

Nina (1994) nasceu na capital paulista, onde atualmente vive e trabalha. É artista visual de formação, graduada em Artes Visuais pela UFMG, com habilitação em Pintura. Pesquisa, através das imagens e da palavra, temas que abrangem condições existenciais de intimidade e ambiguidade, partindo das relações humanas e o cotidiano. Tem interesse pelas artes, a literatura, o cinema, e toda experiência que toca o corpo como objeto sensível e mediador no mundo.

num dedo gordinho o bandeide da princesa Elsa: tava doendo mais cedo agora passou e dá vontade de cortar de novo pra ter sanguinho e colocar o bandeide do boneco de neve, que se usar sem motivo vão arrancar dela vão puxar doído da pele que é pra ela aprender a não gastar à toa, então às vezes é melhor se machucar do que ficar inteira, mas será que dá pra se cortar com papel toda hora ou aquela vez foi muito muito azar, será que dá pra se cortar com outras coisas, deve precisar de quantos bandeides pra cobrir um corte bem grandão, uns dez será, pensa pensa pensa e enquanto os dedos da mão boa fuxicam o estojo de pano por um lápis de cor bem marronzão pra pintar a mariposa, que é tipo um morcego disfarçado de borboleta, os olhos sobem pelo nariz e na parede ela sabe ver as horas: falta pouco pro jantar, e não é qualquer jantar tipo o de ontem ou o de amanhã, é ô jantar, aquele mais eca, mais que nojo, e ela ainda não entrou no banho não enfiou as pernas no pijama mas por que aquela regra de ter que usar pijama no jantar ela não entendia, ainda mais naquele que acontecia uma vez no ano e só, todos juntos na mesa comprida ela o senhor e a senhora da casa e a dona cecília que era quem levava pra ela o café da manhã o almoço e o lanche no quarto todos os dias, quem dizia os horários de estudar e brincar e vigiava pra não deixar ela fazer as coisas que o senhor e a senhora diziam que eram erradas, sempre abrindo a porta sem bater só o som da chave cutucando a fechadura como agora tric tric: ela se assusta e derruba os lápis coloridos no carpete cinza sujo, desiste de alcançar o verde que rolou pra baixo da cama e se apressa em enfiar os desenhos na gaveta enquanto dona cecília entra de vestido escuro da cor da mariposa que ela tava pintando e diz com os olhos enormes: não entrou ainda no banho por quê, tem cara de pergunta mas é só bronca, e os dentes da dona cecília quase aparecem mas não aparecem, a boca é muito chupada parece que tá puxando ar de canudinho e com a voz de gente grande nervosa fala apontando com o dedo branco feio sem bandeide: a senhorita não ouse se atrasar justo hoje, e ela não ousa: vai pro banho, fica pronta, que quando falam com o dedo sabe que é pra obedecer, só as pernas que não querem obedecer direito, mas ela força: a barra da calça de flanela do pijama cor da unha do dedão do pé cobre os calcanhares bem lavados e cada degrau ela desce com muita saliva na boca que já começa a ficar cheia de molhado que não é de fome mas de ânsia que ela sente no jantar de final de ano, deve ser o terceiro ou quarto, perdeu a conta e se esqueceu de alguns, quando começou a ter o que a família da casa chamou de refluxo e depois desmaio, sendo que dona cecília disse desmaio uma ova isso é birra, criança dessa idade não tem essas coisas, e na dúvida o senhor e a senhora passaram a fazer ela tomar um remedinho antes de dormir e depois de acordar, o de hoje à noite ela nem sabe se vai tomar, tem que ver como vai ser o jantar e pra jantar precisa lavar as mãos: ela entra no lavabo e lava uma lava outra com pouco sabonete e seca nas mangas compridas, ninguém vai ver, pode enxugar e pode ir pra mesa mas antes disso ela espia com o nariz na parede do corredor os dois ali sentados o senhor e a senhora de roupas de festa, e ela se desespicha, arrasta os chinelos magrinhos e de cabeça baixa pensa boa noite e se acomoda ao lado do lugar de dona cecília que ainda tá na cozinha colocando os alimentos nas travessas, enquanto a senhora sentada muito reta espera muito vermelha combinando vestido unhas batom e o senhor que diferente dos jantares normais não tá com um copo de bebida pela metade mas um copão cheio de água com gelo que faz barulhinho a cada pegada tric tric, ele levanta uma sobrancelha e ela morde os lábios pensando ai caramba e esconde a boca com a mão percebendo que é com ela, é claro que é com ela, tava deixando escapar o que tava cantarolando só na cabeça: você quer brincar na neve, não quer não, se controla, e por sorte o senhor abaixa a sobrancelha e termina um gole caprichado, abaixa a mão cabeluda e faz tlec com a boca vendo dona cecília voltar e servir as coisas na mesa, agora todos estão sentados e os quatro ficam muito parados muito quietos porque sabem como é a cerimônia, o único som a única voz a partir dali é a do senhor que vai falar todas aquelas coisas estranhas enquanto as fumaças vão subindo, e o cheiro de alguns pratos é até bom graças aos temperos mas isso só depois que se acostuma porque o truque mesmo é não pensar no cheiro não pensar na cara na cor não pensar em nada, que se pensar muito ela vai se lembrar de onde vêm aqueles alimentos e não vai aguentar: vai fazer bhuur bem no meio da cerimônia igualzinho no ano passado ou no outro e aí já viu o tamanho do castigo: nada de lápis de cor nada de pintar mariposa escura, só lição, só bronca de dona cecília, só grito de fechadura, mas o que ela queria era pelo menos pular a parte de fechar os olhos e ficar ouvindo no escuro o senhor falando todas aquelas coisas esquisitas antes de comer, ou se tivesse arroz batata alguma coisa pra acompanhar as comidas misturar tudo chomp chomp e engolir com muita água, a dela sem gelo que dá dor de cabeça, mas só aqueles pedaços de carne sem nada, eca, não ia acostumar nunca a comer carne de gente, e o peito arde só de ver a travessa que dona cecília deixou mais perto do seu prato, ela sabe reconhecer: é barriga e não é tão ruim mas é esquisito, ela também tinha barriga, será que a dela também ficava daquela cor e desfiada, será que a dela tinha aquele cheiro depois de muita panela, teve uma vez que ela precisou botar escondida bandeide na barriga, pensa pensa pensa e o senhor pede pra fazerem o silêncio que já tava feito e todos fecham os olhos pra ouvir o discurso que nunca acaba *estamos reunidos em mais um ano que chega ao fim* e ela como sempre não fecha os olhos pra valer: deixa um risquinho em cada um pra bisbilhotar sem ser vista procurando alguma coisa nova na sala de jantar que já conhece inteirinha porque não tem o que conhecer além da mesa das cadeiras do piso escuro de madeira do lustre prateado e da janela que tá sempre fechada, nada além do que ela vê todas as noites torcendo pra um dia dona cecília esquecer a janela aberta e enquanto o senhor vai tomar a bebida dele na poltrona e a senhora e dona cecília vão pra cozinha ela pode pular e correr não sabe bem pra onde, não importa, a Elsa fugiu e não sabia pra onde tava indo, e de tanto pensar o peito piora: de arder vai pra coçar, sobe um aperto na barriga que deve ser só um pum, mas e se o pum sobe pela garganta como é que faz, o jeito é apertar as pernas que mal tocam o chão, ela não pode vomitar de jeito nenhum e se vier na boca vai segurar e engolir de volta, fingir que era só uma tosse, é isso ou deixar o senhor furioso que segue falando *recebemos esse sacrifício com fé e em humilde comunhão* e ela sabe que tá na metade do discurso do mesmo jeito que o refluxo tá na metade da garganta e todos de olhos tão fechados e tão quietos que talvez ela consiga se levantar devagar, os pés deixando os chinelos e descalça no frio ela desliza entre as cadeiras e engatinha no chão ouvindo *que a morte não seja nosso ato final* e contorna a mesa pra virar no corredor e alcançar o lavabo, vai passar mal e não tem jeito, mas não pode deixar sinal então tira a tampa do lixinho e aproxima a cara dele: se o refluxo não queria funcionar, o cheiro do marrom que ela vê no saquinho plástico é nojento e faz o vômito vir de uma vez: uma derramada rápida doída e com as duas mãos ela monta um chumaço de papel higiênico pra cobrir a prova do crime quando seus ouvidos avisam pra ela que deve ser tarde demais *que esse alimento nos una em carne e em espírito, amém,* sim, tarde demais: o amém significa que acabou o tempo, é tipo o relógio quando chega no doze e passa do doze na mesma hora, fez as contas erradas, burra burra, e na barriga não sabe se tá frio ou calor, é um e é outro e não é nenhum dos dois, aperta os dedos dos pés no tapete em frente à pia e espera o grito furioso da mesa, espera as unhas de dona cecília, espera um monte mas nada acontece, em vez disso *bom apetite* diz o senhor e o depois só os talheres as bocas as engolidas, tão jantando normal e ela se pergunta se desde o começo tinham percebido que ela tinha saído e foram bonzinhos só daquela vez, então antes de voltar faz como mais cedo e se espicha na ponta dos dedões e espia com o nariz na parede pra ver que tão todos comendo: o senhor, a senhora, dona cecília e, caramba, ela mesma: ela tá ali sentada no seu lugar, pijama e bandeide no dedo, se esforçando pra usar a faca num pedaço de carne dura e vê tudo isso do corredor sentindo a barriga doer outra vez e dessa vez também a cabeça, será que bateu a cabeça e ficou doida, e quietinha volta pro lavabo porque precisa vomitar outra vez e é difícil não fazer barulho, é difícil abrir a tampa do lixinho tremendo, é difícil saber o que tem que fazer agora que tem uma menina igualzinha a ela na sala de jantar no lugar dela comendo a comida que era pra ela comer, é difícil fazer qualquer coisa e como vai explicar que a menina comendo não é ela, quer dizer: é igual a ela, então talvez seja ela, não vai ter jeito, vai ficar de castigo por deixar aquilo acontecer, pensa pensa pensa e ouve uma cadeira arrastada, deve ser dona cecília se levantando pra pegar alguma coisa, sempre ela para de comer pra pegar alguma coisa que às vezes nem falta na mesa ou falta de propósito, será que a menina igual a ela continua ali comen-

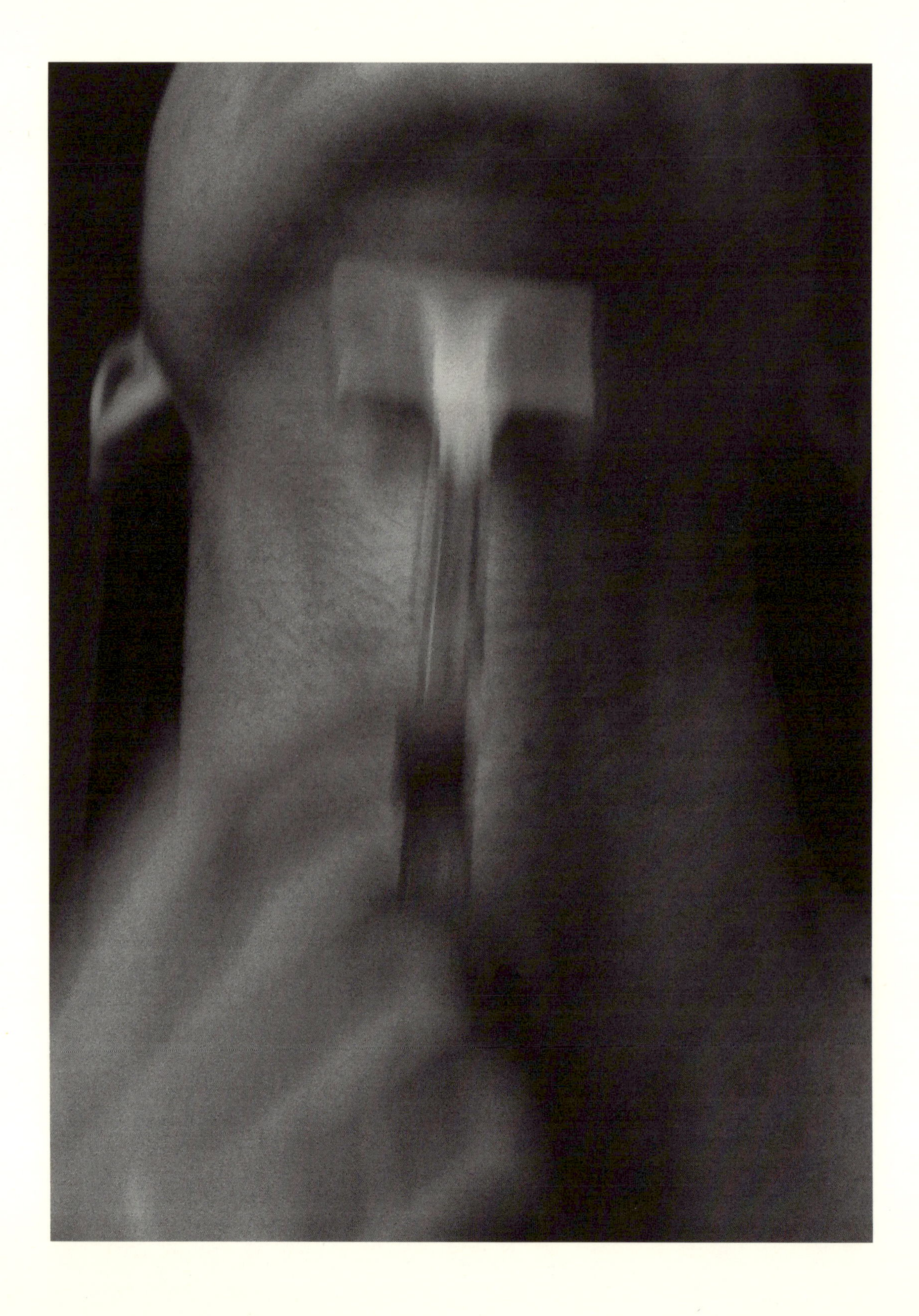

do, será que ela não tem vontade de vomitar, é melhor mais uma espichada na parede: as duas se olham, a que segura o garfo tá sorrindo, a boca brilha de gordura e é igual quando a sua brilha, mas parece que tá gostando, não deve ter refluxo ou desmaio ou birra, então por dois segundinhos parece que tá tudo bem: nada de comer carne de gente naquela noite, mas aí que o frio nos pés faz lembrar que deixou os chinelos debaixo da mesa e agora como é que faz pra não ser pega por dona cecília, que se fosse ia levar castigo dos bons, então era melhor sair dali, e do mesmo jeito que tinha ido até o lavabo de pianinho subiu as escadas tão quieta e mais quieta do que nunca com um pé de cada vez até entrar no quarto, tudo bem se acender a luz por enquanto, mas não dá pra usar o banheiro e só de pensar nisso dá vontade de fazer xixi, também não pode se enfiar na cama porque é dona cecília que faz ela se cobrir com o lençol e apaga a luz até que ela deixe de pensar em qualquer coisa e não consiga nem ver os dedos no escuro, ai como ela queria ser uma mariposa pra poder se esconder perto do teto ou se camuflar na porta do armário, mas se descobrissem que não era ela na mesa do jantar não ia poder nem mais pintar mariposa: iam tirar dela as folhas sulfite e os lápis de cor, e pensando nos lápis ela se abaixa ao lado da cama pra pegar o verde que tinha rolado pra lá antes do jantar: debaixo da cama é escuro tem mais poeira o nariz coça o olho coça e ela prefere toda a coceira a encarar dona cecília e a senhora ou pior encarar o senhor que quando tá bravo não tem bandeide pra esconder os machucados dela, não quer encarar ninguém e devolve o lápis ao estojo e antes de apagar a luz ela tira o bandeide do dedo, puxa devagar uma das pontas e rápido a outra pss: mal dá pra ver o corte, o sanguinho chupado na almofadinha branca tá marrom, já tá bom, a cola ainda tá boa e gruda fácil no umbigo apontado pro estrado da cama enquanto se estica no carpete bem escondida até que a menina igual a ela suba e dona cecília coloque ela pra dormir e aí bem quietinha na madrugada ela vai sair de baixo da cama vai pegar o chinelo dela de volta vai colocar o bandeide da Elsa na boca da outra enquanto ela tiver dormindo pra ela ficar bem quietinha e vai esconder ela debaixo da cama até o ano que vem. ✪

estudos carnavalinos

Raphael Paiva

em ordem de aparição

quando era noite pomo **verso** caverna **corda**

Bárbara Serafim

Raphael Paiva (1998), Rio de Janeiro.

Artista visual, dançarina, escritora e arquiteta e urbanista de formação, **Bárbara Serafim** (1993) se debruça sobre o campo artístico de forma transdisciplinar integrando pesquisas sobre o Corpo e(m) Movimento, a Palavra (enquanto desenho, escrita, som e fala) e também em construções instalativas que habitam o espaço através de ampla variedade materialidades e mídias.

I

e tutto era là bianco

Encarna-se a manhã
dum gris de filme de época,
ecumênico ímã

desmanchando a sombra déspota,
amarrando em linguagem lisa
o nome ao cerne da pedra

etimológica das fibras
fundas, íntimas das criaturas
que pisam calos morro acima.

A bateria é dormente, muda
ainda. Feito pedra, a boca brinca
abraçada a si, daqui se escuta.

Noite já não é coisa que se diga.

II

Ciascun apra ben gli orecchi

A tarde alude à palha de Omolu.
O ar calcificado, a pedra hume.
Baquetas tingem tons aos borbotões.
Olho desfila — sem floreios, nu —

tecidos moles como fossem gôndolas
fantasiando a forma d'água, trêmula,
das barcas. Rumor de fêmea entre feras.
Beleza em virtude dela; acerca,

uma guirlanda lhe remenda a testa.
Ilúdica, a tarde enfrutada ao copo
de Dreher entorna fachadas; língua

espeta o céu de estrelas quando aquelas
pedras modernas quedam calmas, turvas,
com ar de lesma alvejada de sal.

III

e al gran cerchio d'ombra
son giunto

E enquanto enunha noite ao lume,
seu canto arma no ar ainda
a voz qual se a mucosa ao fruto
após o gume, viva ao olho,
e blume junto nela a imagem
onde era um deus sem deus de fundo.

Éramos nisso a par do fundo,
mas provisórios contra o lume;
e sem vocábulo ou imagem
definida, sem fala ainda,
incabíveis ao nu do olho.

E como a palma se abarca, o olho
se recurva côncavo mais fundo
de medir o ar do não ainda.
Éramos com brilhos, bocas lume

de relance, epítome do lume
de ruína ao céu se opondo ao olho.
Íamos de voz brincada ainda,

pois que baquetas tingem tons ainda.
E, rente aos postes, os cupins do lume.

Seguimos analógicos ao lume.

IV

Qu'ieu vey l'alba e.l jorn clar

Quando a luz rouxina a cor
no pelo quanto blondor,
olho e voz nos vêm de volta por

sobre tudo

em prosa, hora que discerne
tempero e fruto na cor do
vinho. Assiste-se ao descarne. ✪

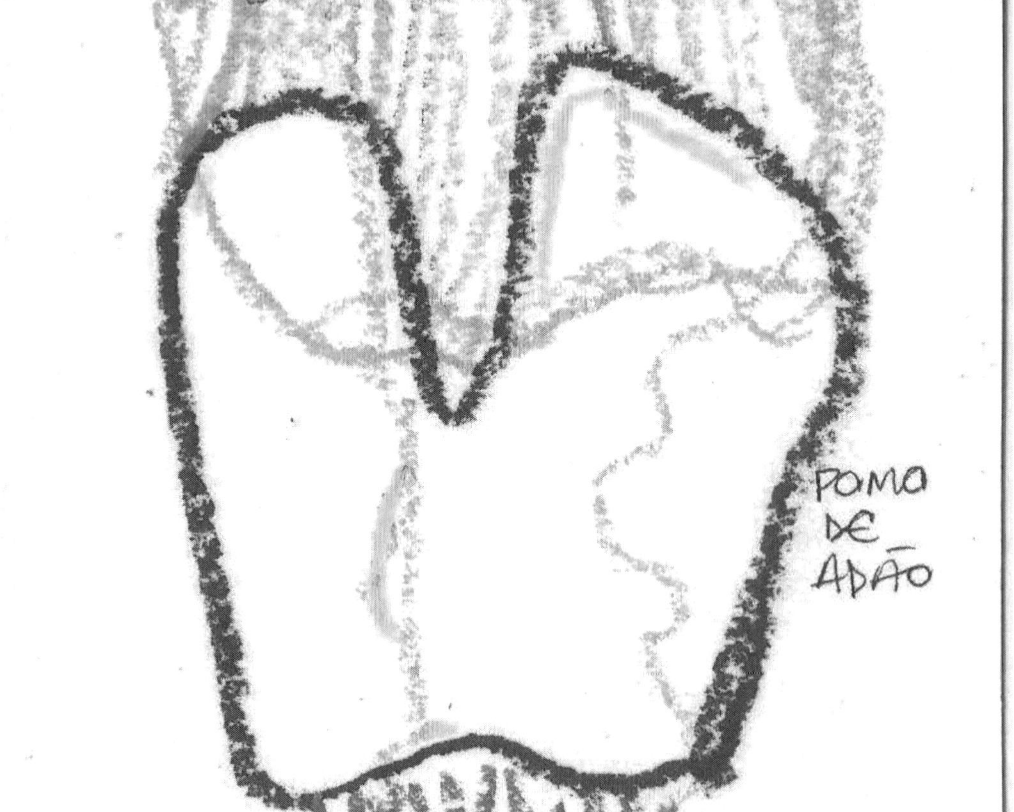

EPIGLOTE

LIGAMENTOS

POMO DE ADÃO

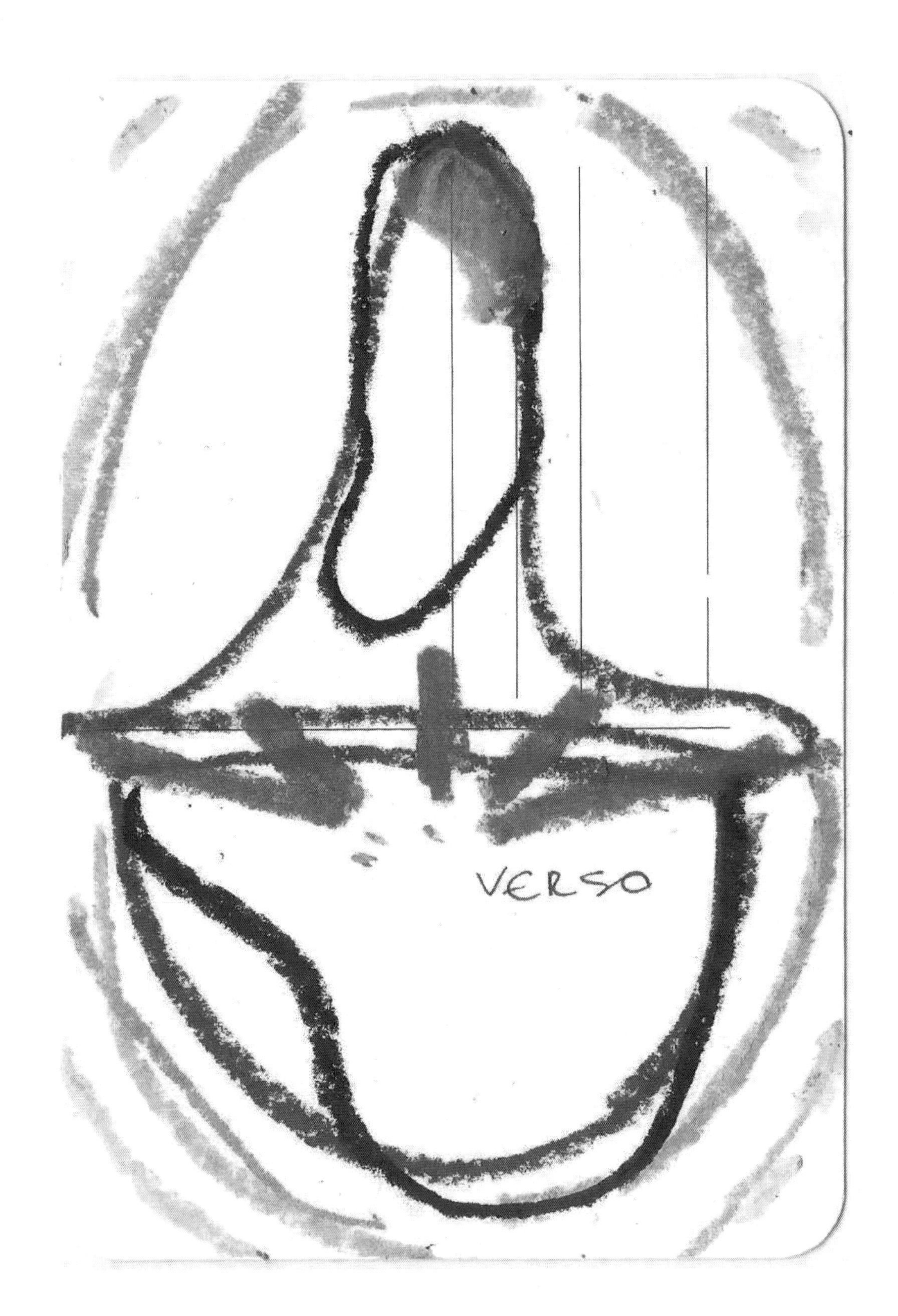
VERSO

CAVERNA

EPI
GLO
TE

CORDA
VOCAL

aranha

Lara Duarte

goela

Joana Uchôa

Lara Duarte é mestranda em Artes da Cena pela UNICAMP com a pesquisa **Por uma dramaturgia monstra!**. Bacharela em artes cênicas pela UFBA. Formada em Dramaturgia pela SP Escola de Teatro. Performer, roteirista e diretora do curta metragem **Pânico Vaginal**. Dramaturgista e assistente de direção das peças **Stabat Mater** e **História do Olho**, com direção de Janaína Leite.

Joana Uchôa é artista visual, formada em Pintura pela EBA-UFRJ e professora de desenho. Atualmente, tem seu atelier localizado no Humaitá. Sua obra estrutura-se em diversos suportes (pintura, fotografia, video, texto, objetos) com enfoque na contação de histórias e caminhadas pela cidade do Rio de Janeiro.

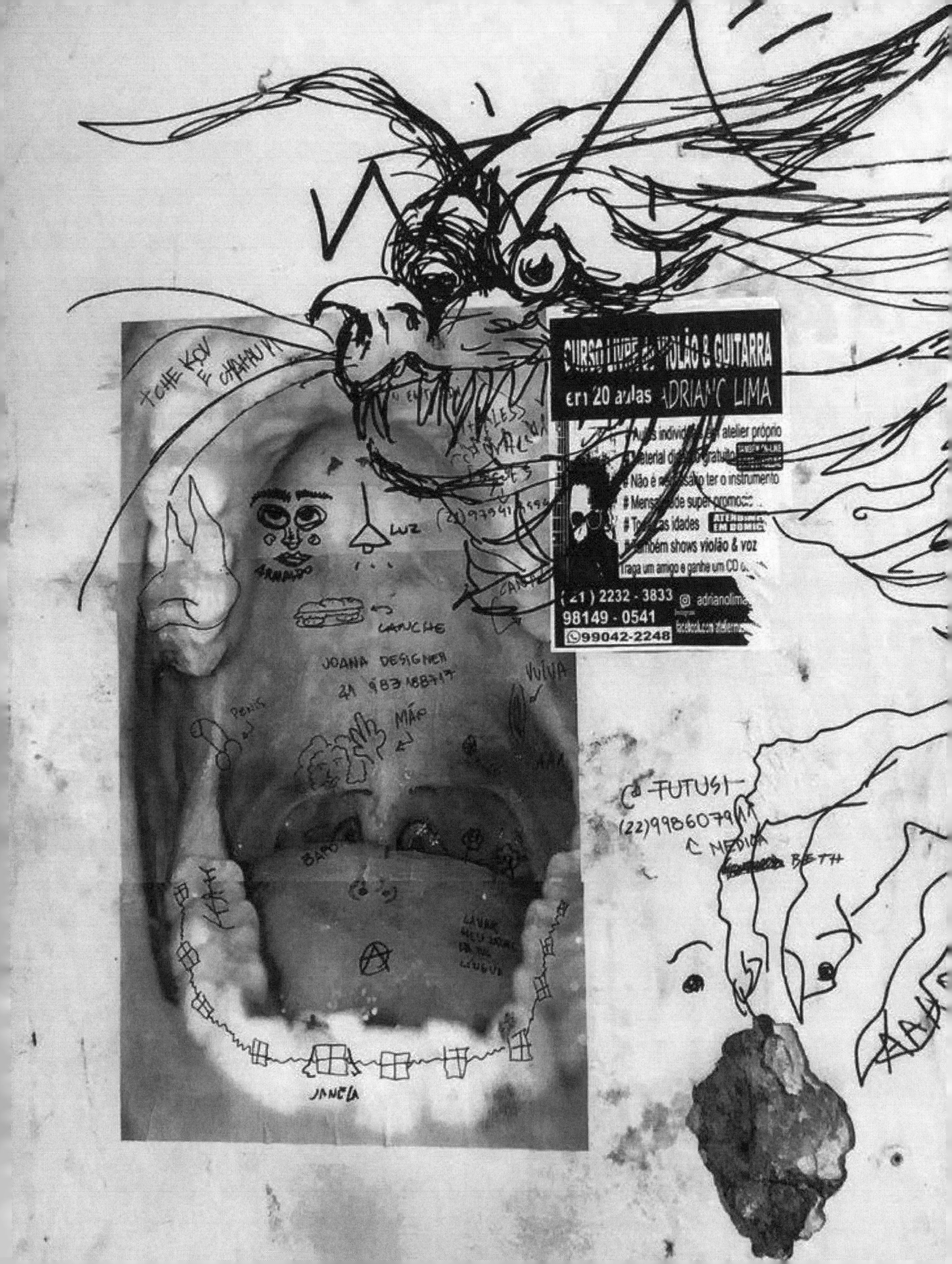
VIOLÃO & GUITARRA
em 20 aulas
LIMA
atelier próprio
Não é
ter o instrumento
idades
shows violão & voz
(21) 2232 - 3833
98149 - 0541
99042-2248
ARNALDO
LUZ
LANCHE
JOANA DESIGNER
PENIS
MÃO
VULVA
JANELA
FUTUSI
MEDICA
BETH

Se numa manhã eu despertasse de sonhos inquietantes, tenho a absoluta certeza de que seria uma aranha. Quase consigo sentir as minhas oito patas. A morfologia cindida em dois, o veneno pingando saboroso dentro do meu corpo.

Isso de dividir por dois para que se expliquem os polos opostos nunca me foi suficiente. Prefiro os infinitos tons de cinza na paleta: entre a aranha e a não-aranha existe todo um campo possível. Mas sim, segue-se na mediocridade linguística: claro-escuro, dentro-fora, sim-não, dia-noite, vivo-morto, pai-mãe, homem-mulher. Cafona.

Talvez, seja simplesmente isso: Cafona.

Todo dia eu levo pelo menos uma hora pra me dar por mim. Reconhecer o lugar, lembrar das ordens das coisas todas. Chama dissociação. O nome técnico dessa minha habilidade de me metamorfosear. De debochar das duas pontas.

— Que está me acontecendo? — penso.

Porque eu acordo e definitivamente não me reconheço. Por isso tampo os espelhos na hora de dormir; se a primeira imagem matutina for o meu rosto inquieto no reflexo, prefiro mesmo ser aranha e não-aranha. Ser e não ser, logo no café da manhã. Então cubro os espelhos, escovo os dentes, tomo chá de camomila ou espinheira santa nos rituais noturnos, café preto sem açúcar nos diurnos, acendo-apago a luz, subo-desço escada.

— Não. Não seria melhor dormir um pouco e esquecer todo este delírio? — cogito.

Enrolo no lençol, na cozinha alguém frita um bife que cheira mais que tudo. Da janela entreaberta o vento sacode repetidamente a cortina, deixando vazar um tantinho de luz. Uma luz mole.

— Já é meio-dia? — indago.

Confiro meu celular, notificações de foguinho. Duvido que vai valer a pena.

"Oi".

"Oi".

"Você é muito linda".

"Lindo*".

"Tá com tesão?".

"Bora tomar uma mais tarde então".

"Blz".

"Te mando a loc".

Corta para: eu e o boy voltando pro meu quarto. Esse mesmo quarto que me exigiu uma coragem sobre-humana pra sair. Corta logo pra essa cena porque até a gente voltar pro meu quarto-coragem-sobre-humana foi só mais do mesmo.

Não lembro o nome dele. Um papo

chato. Ele me perguntava coisas. Não ouvia as respostas, interrompia as respostas. Odiei o jeito que ele segurava o cigarro. Nunca achei que fosse possível odiar o modo como alguém segura um cigarro.

Uma mão mole, averiguo.

E torço pra que ele tenha um pau bonito, ou um oral significativo. Ou que pelo menos, e nessa hora eu rogo a deus, que pelo menos ele não esteja absolutamente preocupado com o próprio pau na hora de me comer.

Tragada feia. Minhas orações. Gole de cerveja. Cerveja já esquentando. Tem camisinha na minha carteira? Vou pedir uma batata frita.

Corta para: o boy deitado na minha cama. Pau duro. A cadência do vento passando pela janela segue a mesma, mas sem o efeito da fresta de luz, a cortina se transforma num fantasma decadente. Ajeito meu sutiã, uma teta guardada, outra pra fora. A saia enrolada na minha barriga. Me equilibro sobre os meus joelhos pra sentar por cima.

E foi no momento exato. Na primeira enfiada. Numa coreografia frenética que fez-se sangue: da minha buceta, passando pelas pernas, a barriga do cara. Sangue. Que porra é essa?

Calma. Algo se rompeu no meu útero? Que porra é essa?

Não.

Ele me encara com olhinhos apavorados. Minha barriga dobra. Calma. Ele ameaça a chorar. Não. Não. Por favor, não chore. Me limpo com o lençol, ajeito a saia. Minha barriga dobra. Dói. Dói e eu não grito. Ele toca no meu ombro num gesto de excessiva intimidade e diz:

— Esse sangue é meu ou é seu?

— É meu, porra.

— Por quê?

— Você tá sentindo dor?

— Não!

— Eu tô pra caralho

— Então deve ser seu.

Quem trouxe esse idiota?, medito.

Minha barriga dobra. Eu continuo sangrando. Sangro como aquelas virgens oferecidas em sacrifício. Não me lembro direito do trajeto da minha cama até o carro do rapaz. Catei minha identidade, o celular, coloquei um chinelo.

Meio cambaleante até o carro.

O carro dele era azul. Um azul caneta Bic. Berrante. Ridículo. Senti mais vergonha pelo azul Bic do que por esvair sangue numa sentada. Se eu tivesse sangue o suficiente cobriria o carro de vermelho.

Corta para: Eu deitado na maca no hospital. Uma luz muito muito branca. Mas nada a ver com paz. Uma luz dura. Ofuscante. Já tinha uma medicação deliciosa correndo pela minha veia, na televisão o noticiário quase sem som. Uma enfermeira entra, um médico sai. Cochicham alguma coisa no corredor. Me olham pela fresta da porta. Percebo que minha boca está incrivelmente seca.

— Será que eu consigo um copo de água? — questiono.

A textura fina do lençol, mais pra gelado que pra pegajoso, me traz algum conforto apesar da sede. Mais ou menos interessado no noticiário, mas sem coragem de alcançar o controle pra aumentar o volume. Curtindo a onda da medicação venosa. Uma enfermeira com olhos grandes entra no quarto e caminha até a beirada da cama. Minha chance.

— Oi. Será que você pode me conseguir um copo de água?

— Sinto muito.

— Ah tudo bem... Depois eu bebo.

— Sinto muito pela sua perda.

— Perda?

— O bebê, senhora...

— Que bebê?

Meu impulso é levantar. A enfermeira me bloqueia tocando de leve meus ombros. O supetão me deixa um pouco tonto. Uma parte minha acredita que se eu for embora desse hospital, a coisa toda se dissipa. Eu tô grávido? A enfermeira falou de bebê? Tem um bebê dentro da minha barriga? Cadê meu chinelo? Vou chamar um Uber.

— A senhora sofreu um aborto espontâneo.

Espontâneo? Que bebê? Não consigo compreender o que ela tá dizendo. Será que a mistura da cerveja com a medicação tá batendo? Eu ainda comi fritura... A enfermeira pede calma, calma, calma. Eu olho pra televisão. Olho pra enfermeira. Giro o corpo na maca e coloco os dois pés no chão, ainda sentado. O chão é muito muito frio. Sinto um choque arrepiar minha pele. Cadê meu chinelo?

Calma. Calma. Calma

— Não tô nervoso, moça. Eu só tô com sede. Queria um copo d'água.

— Nós precisamos comunicar ao pai do bebê.

— Que pai do bebê?

Que bebê? Que pai?

Calma. Calma. Calma

Eu pressiono os pés no chão gelado, minha perna não corresponde. Levanto a bunda 1cm do acolchoado, e caio de volta de um jeito excessivamente dramático. Não tinha calculado uma postura pra queda, contava com estar de pé. Uma jaca espatifada na maca. Olho pra televisão.

— Não tem pai.

— O rapaz que está aguardando na recepção, que trouxe a senhora.

— Eu nem conheço ele, moça.

— Ele é o pai do bebê.

— Não. Eu conheci ele hoje. Não sei o nome dele.

Corta para: eu deitado na maca segurando um copo com água. No quarto comigo: a enfermeira de olhos grandes, uma outra enfermeira peituda, um médico careca, e o boy lá. Todos falam suave. Dizem sentir muito. Todos preocupados com o pai do bebê. Eu ouvia sem coragem aquele coro macio e encarava o copo com água. Não bebi. Olhei a água e através dela vi o quarto turvo. Do copo suavam gotinhas que escorriam pela minha mão. O boy perguntou se foi o pau dele que abortou a criança. E os médicos o tranquilizavam dizendo ter sido apenas uma coincidência. Calma, calma, calma. Logo eu já poderia engravidar novamente. Encosto os lábios na borda do copo e raspo os dentes da frente. A água só encosta na minha boca. Dou um golinho tímido.

O médico careca fala pro boy lá:

— O senhor precisa assinar o termo de responsabilidade pela alta da paciente.

Que água linda, celebro.

A enfermeira peituda pergunta se estou com fome. Faço que não com a cabeça. O médico careca toca as costas do boy num gesto quase afetivo. Diz que sente muito. Eu digo que eu mesmo posso assinar a minha alta, mas não pode.

Finalmente estou sozinho no quarto. O copo cheio na minha mão. Bebo os 200ml num gole só. Aumento o volume da TV. Sinto todo o trajeto da água pelo meu corpo. As notícias não são boas. Sinto vontade de chorar, mas não choro. Procuro o meu chinelo e o meu celular. Tô sem bateria. Pela fresta vejo o boy se aproximando com as chaves do carro na mão. Azul bic. Não me contive. Me vendo chorar ele se afasta, em respeito.

Corta para: eu e o boy estacionados na porta da minha casa. Naquele carro ridículo. Berrante. Ele diz que sente muito, tenta tocar meu joelho num gesto de carinho que não existe entre nós. Eu afasto a perna. Por que alguém compra um carro dessa cor? Ele diz que gostou de mim, pergunta se podemos sair de novo e tenta fazer alguma piada sobre o hospital. Eu falo bem calmamente:

— Cara, se um dia você me encontrar, por favor, não me cumprimente. Atravesse a rua. Finja que não me conhece. Esqueça minha cara, esqueça meu nome, esqueça que esse dia aconteceu.

E bato a porta do carro.

Coloco a chave de casa na fechadura e sinto uma sede absurda. Resolvo caminhar até o posto de gasolina e pegar uma long neck. Duas. Uma pra tomar no caminho de volta e a outra pra quando eu estiver sozinho em casa. Tomo banho. Arranco a pulseirinha do hospital que ainda estava comigo. Coloco na caixinha onde guardo as minhas pulseirinhas de festas e festivais.

Nenhuma delas tem meu nome completo e idade exata, constato.

Mas também já não me interesso pelo nome grafado ali. Não é o meu.

Deito na cama sem me secar. E sonho um sonho esquisito. Que se repetiu muitas e muitas vezes.

Eu estou deitado. Nu. Levanto da cama morrendo de sede. Caminho até a cozinha e dou de cara com o espelho que fica no corredor. Uma enorme barriga. Eu tô grávido. Uma barriga quase pra parir. Olho pro fim do corredor e lá estou eu mesmo, de novo. Só que vestindo uma camisola branca. Eu tento caminhar até mim, mas uma água começa a escorrer pela minha perna e muito, muito sangue. Eu caminho. E sangue, sangue, sangue. E eu mesmo de camisola vou ficando cada vez mais longe. Até que eu grávido começo a rir ou a chorar, não sei dizer bem. Sinto um peso no pé da barriga, uma latência. Minha barriga dobra. Dói. Eu choro. E depois rio. Sinto pequenos pelinhos arranhando o canal vaginal. O peso cada vez maior. A vulva movediça. Olho pra baixo e vejo saindo uma pata de aranha. Primeiro só a pontinha, depois a pata se revela enorme, passando da altura dos meus joelhos. Sangue. Sangue. Sangue.

Outra pata e mais uma... mais uma. Saem da minha buceta oito patas de aranha. Patas enormes. Patas peludas. E as patas de aranha assumem a direção. Caminham como bem entendem. Consigo subir por todo canto, guiado pela aranha, e me instalo na quina entre o horizontal do teto e o vertical da parede.

Num ponto fora do plano. Fico ali, na espreita, até que, pouco a pouco, lentamente, eu teço uma teia e capturo uma palavra que ainda não existe. ✪

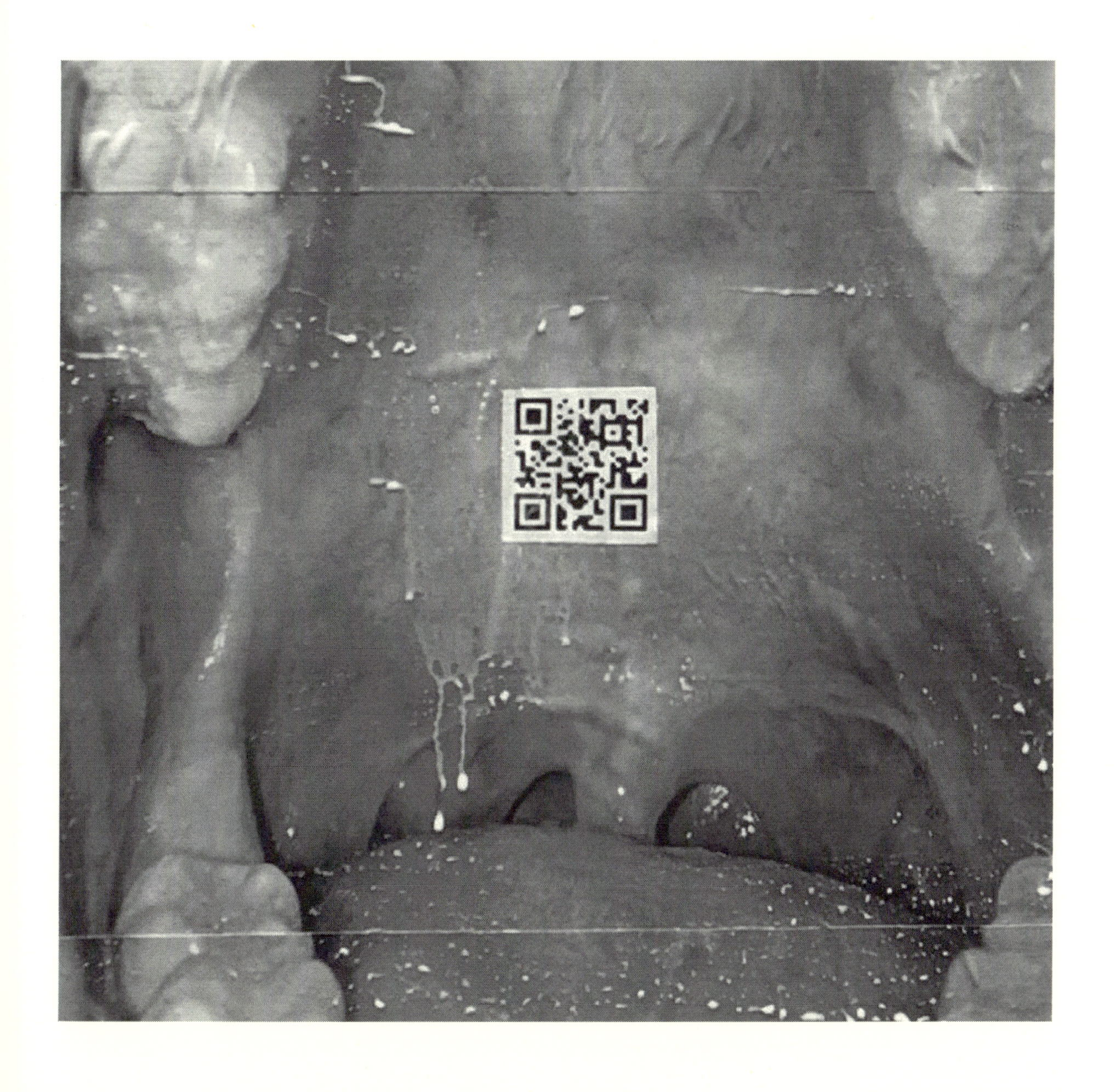

sobre o happening **GOELA**

Joana Uchôa

As esquinas cariocas delimitam o lar do grito silencioso, mucosa escancarada, encarando a cidade com o olho da garganta — a espreita.

A **GOELA** é um convite à voz das ruas.

Agarra-se à parede, teimosa, urrando baixo em negar seu som latente, se faz diálogo ao abrir-se à invasão dos corpos que cruzam as calçadas.

A boca ambígua grita e cala, engola e vomita as histórias flanantes que brotam de nosso chão e pairam ao redor de nosso passeio.

Lambida, primeiramente, na Rua da Conceição, no Centro da Cidade do Rio de Janeiro, a **GOELA** foi uma pergunta formulada às ruas. Carregava em si um segredo digital, uma colagem sonora de tudo que engoliu. Lá ficou, aberta ao encontro e atenta às respostas, esfomeada.

No dia seguinte, acordou satisfeita. Olhos, mãos e tinta de caneta se mesclaram a sua presença, que altera-se diariamente em contato com a água da chuva e a luz do sol. Novos tons, nova matéria

e novas histórias compõe o ser que renasce dia após dia, fixa em estruturas, mutante em encontro.

Afeiçoada ao movimento urbano, a **GOELA** espalhou-se por mais esquinas, sempre à boca da boemia, onde a faísca das interações notívagas brota, onde o dia se desenrola liminal.

Com suas entranhas expostas, se faz canal. Diálogo aberto entre o dentro e o fora, limite relido a partir do grande silêncio de 2020.

Calar também é discurso.

O grito carrega em si o vazio.

A ambiguidade é mãe dos encontros. ✪

QRCODE DA GOELA INICIAL

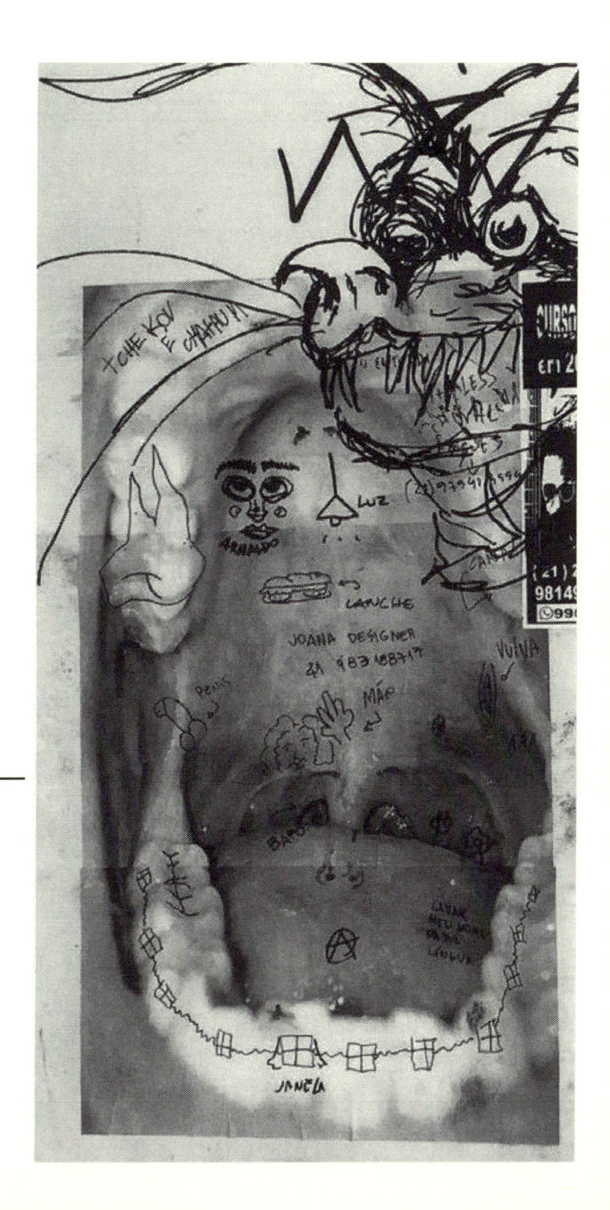

peia

Anny Chaves

silêncio III - penélope incendeia o sudário
silêncio I - penélope lamenta odisseu

Thay Kleinsorgen

Anny Chaves é natural do Norte de Minas Gerais, tem no poema e na dança seu alimento.

Thay Kleinsorgen (1990) é artista visual e têxtil: pesquisa narrativas ex-cêntricas, isto é, à margem, enquanto habita a margem que é ser mulher, mãe, provinciana. Além disso, é mestre em Linguística, quando estuda línguas minorizadas, e integrante do Coletivo BaD, com quem tece poéticas neoancestrais.

Já foi dado o golpe de língua,
        não tem consolo,
o chicote já estralou
        todo mundo ouviu,
já foi dada a fala
        não tem choro,
não tem pensamento mil
        que desdiga a coisa dita, não,
já se foi zurzindo o tempo,
o estranho já se deu, o pasmo, o estertor,
já se ouviu a gritaria,
        já foi feito o estrago,
o corpo já sentiu o estremecer
no saber da coisa,
        a coisa indigesta,
difícil,
a coisa de sabor forte, picante, de sarapantar os sentidos,
o jeito é abraçar o capeta e abrigar o silêncio que vem depois. ✪

onde

Gabriela Ripper Naigeborin

as pedras cantam em silêncio

Guilherme Gurgel

Gabriela Naigeborin (São Paulo, 1997) é graduada em Literatura Comparada e Psicologia pela Brown University e mestra em Literatura Comparada pela University of Cambridge. Trabalha com edição de texto desde 2020 e em 2021 ingressou na equipe editorial da **Ubu Editora**. Tem textos publicados pela **Revista Aboio**, **Revista Lavoura (Editora Reformatório)**, **Quatro Cinco Um** e **Editora Paraquedas**, entre outras.

Guilherme Gurgel (1996) é formado em Cinema pela UFF e mestrando em Memória Social na Unirio. A produção artística dele trabalha com desenhos, fotografias, esculturas, filmes e escrita.

I

Onde, ouvi. Respondi: *aqui*. Para mim soava mais como um pedido que uma pergunta. Não queria deixá-la sozinha. *Aqui*. Mas que permanecesse ali, sem se aproximar demais. Juntas, teríamos dificuldade de respirar. Quando eu apagava as luzes ela vinha se deitar sobre mim. Ficava rente ao meu corpo. *Onde* — aqui, pensei. Tinha tesão e não entendia que era tesão. Abria os olhos, não via nada. Quente, transparente. Ela era um lençol que eu dispensava porque, quando me envolvia nela, acordava com as pernas enroladas, como um bebê, embalada, pronta para ser devolvida ao útero. Mas eu não quero voltar. *Quer*, ela respondeu. Foi a primeira vez que ela me deu uma direção. E *quer* era justo a direção que eu não queria.

II

No *Zohar* há uma história sobre música. Não me lembro bem da história, nem tenho certeza de se é no *Zohar* mesmo que aparecia, e vou mudar a história; nesta história, Deus é duas partes, perdidas uma da outra, que se amam e se querem. Uma parte é o Deus que não alcançamos e a outra é o Deus que nos alcança. Outro nome para Deus é Sem Fim, ou O Nome. Deus, na verdade, tem 72 nomes, e nenhum deles é Deus. Gosto de O Nome porque dá a dimensão estruturante que Deus tem, e que a palavra Deus não dá. Deus não é uma outra existência na qual cabe a nós acreditar ou não acreditar; é a própria linguagem. É o que sai da minha boca quando eu falo e o que entra pelo meu nariz quando eu respiro. E não tem nada de mais nisso.

III

Deus era em duas partes, dois pássaros vivendo cada um em um continente. Naquela época, um continente não era um território com fronteiras bem delimitadas, separado de outros continentes por corpos mensuráveis de água. Era uma distância sem fim. Toda noite esses dois pássaros, ambos Deus, atraíam para seu redor muitos aldeões de suas respectivas vilas, porque se lamentavam pela perda um do outro. *Onde*, um pássaro perguntava na língua dos pássaros, que é a língua de Deus. Sem ouvir o primeiro, o segundo pássaro respondia choroso, *aqui*, sem saber que respondia. O primeiro não ouvia. As pessoas se compadeciam. Se pudessem, trariam um pássaro ao encontro do outro, mas não po-

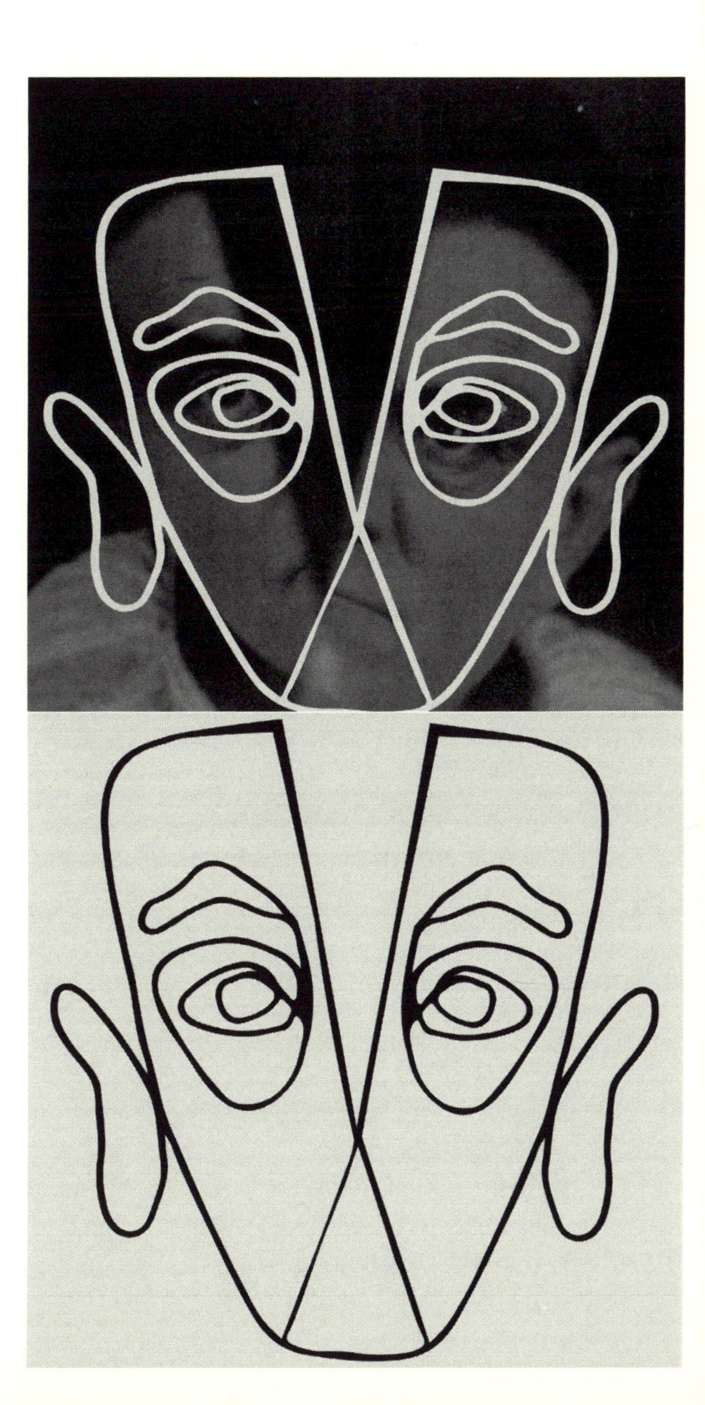

diam, porque os aldeões de uma vila não sabiam onde estava o pássaro da outra. Na verdade nem sabiam exatamente onde estava o pássaro da própria vila. Sabiam que ele ficava sobre a copa da árvore mais alta e ouviam seu choro quanto mais perto chegavam da árvore, mas como essa árvore se projetava muito alta sobre a folhagem das demais, não conseguiam vislumbrá-lo. Pelo choro, devia ser lindo. Pela perda, devia ser lindo. Quem perde algo que ama é lindo, todos pensavam, chorando suas respectivas perdas, amando o que haviam perdido. Sem conseguir sair dali.

IV

De dia, no entanto, o som dos pássaros tornava-se insuportável. Virava um grito estridente, um barulho de tortura. *Onde, onde*, exaltavam-se. *Aqui, aqui*, respondia cada um, desesperado. Os pássaros não se ouviam. Não sabiam se do outro lado alguém os ouvia. A lembrança do pássaro perdido não arrefecia. Tinham certeza de que não se encontrariam. Mas como gritavam. Ninguém aguentava. Os aldeões de ambas as vilas passavam o dia com as palmas das mãos tapando os ouvidos. Matariam os pássaros, se pudessem alcançá-los antes da noite. Mas nunca conseguiam a tempo e, tão logo a noite caía, cessavam os gritos e recomeçava o choro. E de noite já sabiam: amariam os pássaros junto com os pássaros, desejando seu encontro.

V

Você quer casar comigo?

O que é casar?

Não sei, mas você quer?

Quero casar com você, penso. Penso e penso e, pela aderência do pensamento, percebo que não é isso que eu quero. É só uma ideia gravada em uma frase, que agora assumiu a forma estável da frase. Uma vez estabilizada, a ideia se enfraquece. Num primeiro momento ganha força, vira ela mesma. Depois, pela repetição, vai desaparecendo nela mesma, até só sobrar a frase e um pouco do desejo da ideia original. Esse desejo débil de me casar com ela, resquício de um bom sentimento, esse desejo eu posso aceitar. Sou mestra em aceitar desejos fracos. Meu desejo de ficar junto de alguém para sempre sobrevive por via intravenosa. Quero casar com você, não quero casar com você. Não digo nada, as duas frases se alternam em mim, igualmente insistentes e igualmente indiferentes. Em pancadinhas. As duas soam iguais para mim, absolutamente. Se amanhã eu acordasse do lado de um homem, seria igual. Se eu acordasse do lado de outra mulher, seria igual. Se eu acordasse sozinha. Quero ficar sozinha, mas não quero deixar você sozinha. Quero outra coisa.

VI

Então chamaram uma mulher que conseguia imirtar todos os sons do mundo. Não só isso: essa moça era conhecida pela capacidade de arremessar sons fisicamente através das distâncias, de fazer o som viajar. Não só isso: essa moça só conseguia fazer o som ir longe e só conseguia reproduzi-lo por causa de seu ouvido. Ela era a única que ouvia os dois pássaros, noite e dia. Sem cobrir as orelhas. Porque os escutava, o choro e também os gritos, ela conseguia fazer música. Fazer música, ensinou, é fazer os sons se encontrarem. É fazê-los se escutarem um ao outro. Talvez nunca estejam realmente juntos, os pássaros, mas os sons estarão. Talvez se os pássaros se encontrassem eles parariam de emitir som.

Não teriam por quê. Por estarem separados, choram e gritam. Fazem sons desencontrados. Mas posso ensiná-los a arremessar os sons como eu arremesso, a fazer o som percorrer as distâncias. Vou cantar para eles. A essa moça chamaram de música, diziam: é uma música exímia. Assim, os pássaros aprenderam a cantar e, cantando, se encontraram pelo som. Nunca se viram, não sei se um dia tentarão sair das copas de suas respectivas árvores para formar um ninho em algum outro lugar. Para ser sincera, nem eu sei dizer se conseguiriam, ou se se perderiam mais um do outro. Não sei, mas hoje eles cantam, dia e noite eles cantam. Por isso cantamos na sinagoga. Por isso cantamos em uma língua desconhecida: a língua dos pássaros.

VII

O que você quer com isso?

O que eu quero com isso? Quero casar com você.

O que é casar?

Não quero casar, quero casar com você.

Isso é pior ainda. Ela realmente me ama. E isso é o máximo que vou conseguir entender. Ela pesa em cima do meu corpo, quero sair debaixo. Quando estou por cima, o teto como que me comprime contra ela. Que difícil é abrir mão de alguém que eu amo e, sobretudo, que eu não quero que fique sozinho. Que difícil é abrir mão do meu desejo fraco de amá-la de volta, de me casar com ela. É o desejo mais fraco que eu já tive, por isso é tão difícil abrir mão. Já me acostumei com ele. Converso com ele todo o tempo. Quase não incomoda. Mas agora ela me pergunta, seriamente, se eu quero me casar com ela. É outra forma de me perguntar se eu quero me separar dela. Quero aprender a cantar. Chorar e gritar um pouco, também. Quero aprender a falar uma língua que não seja só nossa. Uma língua falada desde sempre. A língua falada pela própria voz, *onde*, sem esperar mais resposta. ✪

encantar o fumo

Lari Nolasco

Lari Nolasco é poeta | pesquisadora de poesia | professora | filha de Márcia e Alailson | irmã de Lázaro e Layane | cria das Alagoas profunda. Tem textos publicados na **Felisberta** e na **totem&pagu - firrrma de poesia**. Participa da antologia **Anônimo não é nome de mulher** (Patuá, 2022) e da 1º edição impressa da **Revista Febre do Rato** (Joelhos de Velho, 2022). Seu livro de estreia é **Algodão Doce** (2022, Ipêamarelo).

Guilherme Gurgel (1996) é formado em Cinema pela UFF e mestrando em Memória Social na Unirio. A produção artística dele trabalha com desenhos, fotografias, esculturas, filmes e escrita.

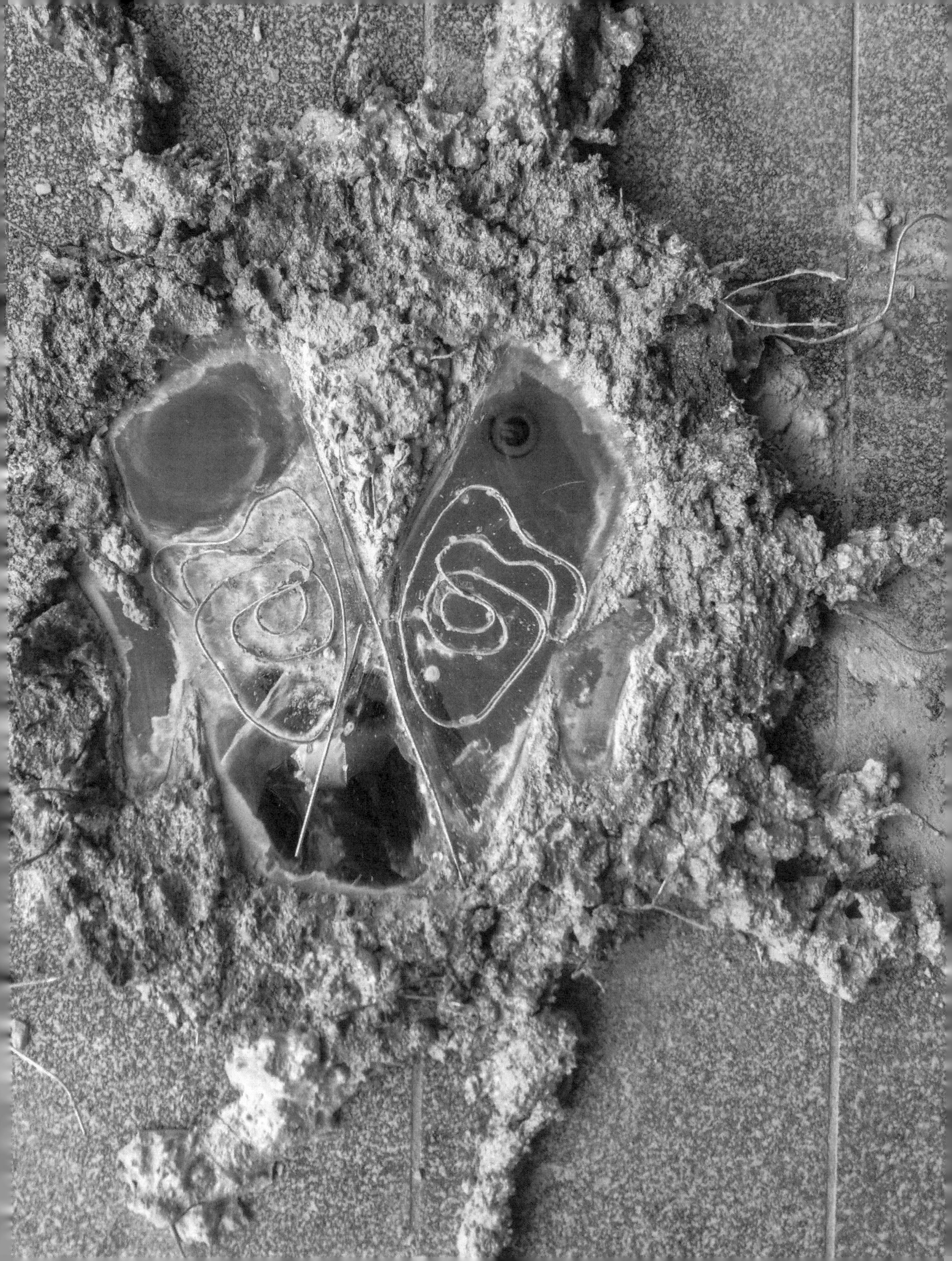

1

a voz é isso
então:
um rasgo sangrando
no ouvido
do tempo.

2

penso nas destaladeiras de Alagoas:
gargantas que entoam o fumo
em folha seca. rezam
antigas lendas que Santa
Cecília bendizera as comadres
com canto de entornar o
verde.

3

homem se bota
voz embolora
toda a
safra,

voz de homem
é voz de agouro,
fiazinha.

encantar o fumo
é dom da goela que
pare,
não sabe?

chega cá,
canta com a vó Grande
pra espantar as tristezaiada toda
desse salão:

aquele cajuêro, moradora paz
é tarde, eu vou mimbora
é cedo, demore mais

4

a voz
então:
o tempo sangrando
de ouvido em
olvido. ✪

o manual operacional de telemarketing

Keichi Maruyama

quando estou em silêncio vejo as coisas gritando

Vitória Porto

Keichi Maruyama (1983) nasceu no litoral paulista e cresceu em Fortaleza. É formado em Engenharia e Administração de Empresas e vive em São Paulo. Trabalhou em banco e em consultoria e hoje tenta escrever ficção.

Vitória Porto (2000) Graduanda em Psicologia na Universidade Federal Fluminense. Pesquisa os diálogos possíveis entre os terrenos da Arte e da Psicanálise. Produção composta por múltiplas linguagens, como a fotografia, a colagem e a ilustração. Investiga e cria a partir do jogo entre memória, imagem, palavra, visível e invisível.

... a única literatura autêntica da era moderna é o manual de instruções.
David Cronenberg

Introdução do manual

O presente documento foi preparado para servir como um manual objetivo e prático para a estruturação e gestão de operações de telemarketing. Os direcionamentos e normas de conduta aqui descritos devem ser seguidos por todas as operações de nossa empresa no mundo.

O modelo de atendimento e de venda remota, assistido por interação humana, é uma ferramenta importante para a eficácia e eficiência de qualquer negócio. Tal modelo quando bem aplicado permite tanto conveniência ao cliente, que tem sua necessidade atendida a partir de qualquer lugar, como maior produtividade à empresa, que pode estruturar uma equipe de atendentes e vendedores centralizada, treinada e monitorada conforme as melhores práticas de gestão de operações.

Este manual foi desenvolvido com base em exemplos de excelência do mercado mundial de telemarketing, e usou também como referência o contexto de nosso negócio, nossas ambições de expansão geográfica, e as práticas comprovadas de sucesso das melhores equipes de telemarketing de nossa empresa.

A versão atual do manual também traz uma inovação: os antiquados e rígidos *scripts* de diálogos, usados tradicionalmente para a capacitação das equipes de telemarketing, foram eliminados. De maneira inédita, os diálogos que servem de guia de conduta para as diferentes situações de atendimento e de venda remota são agora construídos com base em técnicas avançadas de ciência de dados. Para isso, contratamos um dos algoritmos mais inovadores do campo da inteligência artificial[1]. Por meio de ferramentas de reconhecimento de voz e de linguagem, o algoritmo contratado foi capaz de escutar e interpretar as centenas de milhares de chamadas de telemarketing realizadas em toda a história de nossa empresa. Dessa maneira, com base no processamento das gravações de todas as chamadas já realizadas em nossas operações, e na análise da efetividade desse mesmo histórico de interações, o algoritmo construiu digitalmente os diálogos, tom de voz, e práticas de interação que, estatisticamente, serão os mais eficazes para o atendimento de nossos clientes e para a venda remota de nossos produtos e serviços.

O manual está estruturado em capítulos delimitados para facilitar tanto o uso aprofundado para o treinamento e capacitação das equipes, como a consulta frequente no dia a dia da operação. Para referência imediata ao leitor, os capítulos do manual são os listados abaixo:

I. Estrutura básica de uma operação;
II. O telemarketing receptivo em ação;
III. O telemarketing ativo em ação;
IV. O telemarketing híbrido em ação;
V. Referência adicionais e considerações finais.

1 Para mais informações sobre o algoritmo, consultar Apêndice I.

I. Estrutura básica de uma operação

Há dois princípios básicos que estruturam uma operação de telemarketing. O primeiro deles é a sua divisão em diferentes categorias de atividade - segmentação que é realizada de acordo com o tipo de interação desejada junto ao cliente da empresa e com o nível de capacitação do profissional envolvido.

Tradicionalmente, uma operação de telemarketing é dividida em três categorias de atividade:

a) Telemarketing receptivo: nesse tipo de operação, também chamado de célula *inbound*, a equipe de telemarketing se dedica exclusivamente a atender chamadas, mensagens ou requerimentos de interação remota de seus clientes. Tal atendimento normalmente é focado em atividades de resolução de problemas, recebimento de reclamações, ou realização de vendas passivas, que ocorrem quando o cliente entra em contato com a empresa para comprar um novo produto ou serviço. O foco principal do profissional de telemarketing receptivo é atender à necessidade do cliente e mantê-lo satisfeito, minimizando a duração de cada atendimento e maximizando a produtividade da operação da empresa;

b) Telemarketing ativo: nesse tipo de operação, também chamado de célula *outbound*, a equipe de telemarketing se dedica exclusivamente a buscar o contato com possíveis novos clientes, ou com clientes atuais que tenham potencial de compra de novos produtos ou serviços. O foco principal do profissional de telemarketing ativo é conseguir o maior número possível de contatos em seu período de trabalho, realizando vendas para clientes novos ou atuais;

c) Telemarketing híbrido: nesse tipo de operação, também chamada de célula *service-to sales*, a equipe de telemarketing se dedica não somente a atender chamadas, mensagens ou requerimentos de interação remota dos clientes da empresa, atendendo suas necessidades e os mantendo satisfeitos, mas também a identificar e concretizar oportunidades de novas vendas na mesma interação de atendimento. O foco principal do profissional de telemarketing híbrido é aproveitar toda interação estimulada por um cliente da empresa para oferecer um novo produto ou serviço e realizar uma nova venda, maximizando o número de ofertas e mantendo a menor duração possível para cada atendimento.

O segundo princípio básico de uma operação de telemarketing é a sua estrutura organizacional e de gestão. Uma estrutura hierárquica e de controle que permita a gestão efetiva dos profissionais de telemarketing é essencial para a eficiência e eficácia da operação. Dada a escala e complexidade das operações de nossa empresa, recomendamos o seguinte modelo de estrutura:

a) Operador de telemarketing: unidade mínima e individual de atendimento ou venda representado por um profissional que pode trabalhar em período integral ou parcial de jornada de trabalho;

b) Supervisor de célula: profissional equivalente a uma unidade de gestão que monitora, controla e gerencia uma equipe de operadores de telemarketing - chamada de célula. Cada célula deve ser integralmente dedicada a somente uma categoria de atividade, sendo constituída por um número que pode variar entre oito e doze operadores de telemarketing. Recomenda-se uma proporção de um supervisor de célula para cada doze operadores em células de telemarketing receptivo, de um para dez em células de telemarketing ativo, e de um para oito em operações de telemarketing híbrido;

c) Líder de linha I: profissional equivalente a uma unidade de gestão que monitora, controla e gerencia uma equipe de supervisores de célula - chamada de linha. Cada linha deve ser constituída por um número que pode variar entre seis e oito supervisores de célula;

d) Líder de linha II a V: os líderes de linha II a V são camadas adicionais de gestão que devem ser aplicadas de acordo com a escala da operação e com o número máximo permitido de subordinados diretos ao chefe de operação. Cada líder de linha pode gerenciar um número que pode variar entre quatro e seis líderes de linha de um nível imediatamente abaixo do seu. Por exemplo, um líder de linha IV pode ter como subordinados de quatro a seis líderes de linha III. É permitido, em alguns casos excepcionais, ter níveis de líder de linha acima do nível V;

e) Chefe de operação: é o líder máximo de uma operação de telemarketing, ele é responsável pelos resultados da operação, incluindo a satisfação dos clientes, o atendimento de reclamações e o volume de novas vendas. Um chefe de operação monitora, controla e gerencia um número que pode variar entre quatro e oito líderes de linha do nível mais elevado de sua operação. Por exemplo, em uma operação cujo nível mais elevado de líder de linha é o nível IV, o chefe de operação deve possuir entre quatro e oito líderes de linha IV como subordinados.

Uma vez que os princípios básicos estejam bem implantados, a capacitação das equipes deve ser realizada. Para isso, os diálogos simulados nos capítulos seguintes devem ser continuamente praticados e exercitados junto aos profissionais da operação.

II. O telemarketing receptivo em ação

Diálogo para telemarketing receptivo

Atendente I, profissional de telemarketing receptivo
Atendente II, profissional de telemarketing receptivo
Cliente, pessoa que entra em contato com a empresa

Ruído atenuado de centenas de operadores de telemarketing no fundo.
Silêncio.
Chamada de Cliente é direcionada para Atendente I

ATENDENTE I — [*Voz de timbre nem excessivamente grave, nem agudo.*] Bom dia, um momento, por favor. [*Ruído de centenas de operadores no fundo se acentua. Respiração audível de Atendente I. Diálogo não compreensível entre Atendente I e outro não identificado.*] Desculpe, mais um momento, por favor. [*Música abafada toca por 30 segundos: Der Tod und das Mädchen, de Franz Schubert.*] Agradeço a espera, como posso lhe ajudar?

CLIENTE — [*Voz cansada, lenta.*] Olá, bom dia. [*Pausa.*] Eu tenho um problema. [*Pausa.*] Preciso de ajuda.

ATENDENTE I — [*Pausa.*] Perfeito. Sim, eu posso lhe ajudar, que ajuda eu poderia lhe dar?

CLIENTE — Um pedido. Ele não chegou ainda.

ATENDENTE I — Ótimo. Seu pedido, quando você diria, que ele deveria ter chegado, o seu pedido?

CLIENTE — [*Pausa.*] Eu não tenho certeza. Estou esperando.

ATENDENTE I Não há problema, nenhum problema. Posso verificar, em um momento, apenas um momento, que irei verificar.

CLIENTE Quando ele irá chegar?

ATENDENTE I [*Pausa. Ruído de teclas aceleradas.*] No cadastro, nosso sistema identificou seu número. Estou buscando, o seu pedido. Um momento, por favor, apenas um breve momento. [*Música abafada toca por 70 segundos.*]

CLIENTE [*Silêncio. Ruído de respiração profunda e pausada.*]

ATENDENTE I [*Música abafada toca por 20 segundos.*] Agradecemos sua espera, muito obrigado. O seu pedido, eu o encontrei.

CLIENTE [*Voz exaltada.*] Quando ele chega? [*Pausa.*] Ele chega?

ATENDENTE I Ontem, diz nosso sistema, ele diz que chegou ontem. Talvez tenha sido tudo rápido demais.

CLIENTE [*Pausa.*] Deve haver um engano. Ainda estou esperando.

ATENDENTE I O recebimento, ontem, nosso sistema confirma que foi ontem.

CLIENTE [*Pausa prolongada. Barulho de porta abrindo e fechando.*] No pátio, na frente da porta de casa. Olhei várias vezes, ele não chegou.

ATENDENTE I Perfeito. No jardim, é onde parece, no jardim, que foi entregue. Poderia, por gentileza, confirmar?

CLIENTE Não há jardim no pátio, somente o carro, e uma árvore, com muitos galhos, sem folhas. Poderia ter sido isso?

ATENDENTE I [*Pausa.*] Não. Nossos entregadores, todas as suas entregas, eles são sempre muito específicos, nos mínimos detalhes, eles sempre descrevem. Em um jardim, com flores, um chafariz, e arbustos, sim, arbustos frutados, com frutas penduradas, aqui diz, apodrecidas, em plena primavera da vida.

CLIENTE [*Silêncio.*]

ATENDENTE I Está na linha, ainda? Ainda estamos com você?

CLIENTE Preciso dele. Estou esperando. Quando ele chega?

ATENDENTE I	Vou verificar. Fique na linha, por favor, fique, não saia, não saia ainda. [*Música abafada toca por 130 segundos.*]
CLIENTE	[*Pausa.*] Estou esperando. Não sei se consigo [*Pausa.*] aguentar.
ATENDENTE I	Pela espera, agradeço. Muito obrigado [*Pausa.*] pela paciência.
CLIENTE	Será que estava no lugar errado?
ATENDENTE I	Um momento, estou verificando. [*Ruído de teclas aceleradas.*]
CLIENTE	Eu não lembro o que fiz.
ATENDENTE I	Mais um momento, apenas. Nosso sistema, ele está lento, mais lento que o normal, às vezes, é melhor aguardar, olhar com atenção é mais seguro.
CLIENTE	Não consigo mais. [*Pausa. Respiração profunda.*] Parece que foi ontem.
ATENDENTE I	Ótimo. Seu histórico detalhado, do seu pedido, todo o detalhe, tenho aqui.
CLIENTE	Devo acabar...
ATENDENTE I	Uma inconsistência, é o que parece ter havido, durante o processo de entrega, ocorreu uma inconsistência. [*Pausa.*] Em um de nossos centros de distribuição, seu pedido ficou retido, estacionado. Automaticamente [*Pausa.*], o sistema acelerou, emitiu automaticamente, ninguém parou, um protocolo de entrega. Nosso sistema, ele toma as decisões para garantir a satisfação dos clientes.
CLIENTE	O que devo fazer?
ATENDENTE I	Você quer reverter a decisão do sistema? Você quer mover em reverso? [*Ruído de teclas aceleradas.*]
CLIENTE	[*Pausa.*] Devo continuar esperando? Até quando?
ATENDENTE I	O meu supervisor, manualmente, ele irá retirar o bloqueio do sistema. Permita apenas mais um momento, devo contatá-lo. Um momento, por favor, apenas mais um momento. [Música abafada toca por 315 segundos.]

CLIENTE	[*Ruído de respiração profunda e pausada.*]
ATENDENTE I	Mais um momento, por favor. [*Música abafada toca por 230 segundos.*]
CLIENTE	[*Ruído de respiração profunda e acelerada.*] Um galho da árvore, um que seja alto o suficiente.
ATENDENTE I	Obrigado novamente, obrigado [*Pausa.*] pela paciência. Um requerimento, ao líder do meu supervisor, foi necessário fazer. Manualmente, ele passou por cima, interrompeu o sistema. [*Pausa.*] Nosso centro de distribuição foi notificado. O pedido deve, ele deve agora seguir o processo normal. Em seu endereço, se tudo ocorrer normalmente, sem obstáculos, ele deve chegar [*Pausa.*] até amanhã.
CLIENTE	[*Pausa.*] Apenas uma criança, no pátio. [*Pausa. Voz fraca.*] Não deu tempo, foi tudo muito rápido, quando vi, debaixo da roda...
ATENDENTE I	Algo a mais por você, que eu poderia fazer?
CLIENTE	Não sei quanto tempo vou conseguir. [*Silêncio.*]
ATENDENTE I	Sua chamada, agradecemos. A gravação final, por favor, espere. Sua avaliação é importante, aguarde com atenção, antes de sair. [*Final da chamada.*]

Alguns dias depois.
Ruído atenuado de centenas de operadores de telemarketing no fundo.
Chamada de Cliente é direcionada para Atendente II

ATENDENTE II	[*Voz de timbre nem excessivamente grave, nem agudo.*] Bom dia, um momento, por favor. [*Música abafada toca por 30 segundos.*] Agradeço a espera, como posso lhe ajudar?
CLIENTE	[*Voz muito cansada, lenta.*] Preciso [*Pausa.*] de ajuda.
ATENDENTE II	Perfeito. Ajuda, como posso lhe ajudar?
CLIENTE	Tenho um pedido. Ele não chegou.

ATENDENTE I Ótimo. Deveria quando, ele ter chegado?

CLIENTE Eu não tenho certeza. [*Pausa.*] Ontem talvez. Estou esperando.

ATENDENTE II [*Ruído de teclas aceleradas.*]

CLIENTE Quando ele chegará?

ATENDENTE II Seu número, nosso sistema, ele já identificou. [*Pausa.*] Um momento, por favor. [*Música abafada toca por 70 segundos.*]

CLIENTE [*Ruído de respiração profunda e pausada.*] Não consigo esperar mais

ATENDENTE II Estou extraindo o histórico, verificando em detalhe, olhando para trás, com atenção, o seu pedido.

CLIENTE [*Silêncio.*]

ATENDENTE II Consta, que foi no jardim, que foi entregue, o sistema me diz, que o pedido foi entregue. Poderia confirmar, por gentileza, se no jardim, se não foi deixado, sobre o solo, talvez, a sua entrega?

CLIENTE [*Pausa prolongada. Barulho de porta abrindo e fechando. Voz muito cansada.*] Parece haver folhas nos galhos.

ATENDENTE II [*Pausa.*] Peço desculpas, pelo engano, desculpas. Retido, vejo que o pedido está retido em um de nossos centros de distribuição. Parou em cima, antes que pudesse prosseguir.

CLIENTE [*Silêncio.*] Um galho que aguente o meu peso.

ATENDENTE II Foi tentada uma liberação manual. A intervenção, do líder de linha, a intervenção dele foi atropelada pelo sistema. [*Ruído de teclas aceleradas.*]

CLIENTE Quantos dias mais?

ATENDENTE II Peço desculpas, novamente, pelo inconveniente. Com a mesma demanda, nosso sistema aponta, que você já nos contatou. [*Pausa. Diálogo não compreensível entre Atendente II e outro não identificado.*] Sempre, o sistema analisa, e toma as decisões, aquelas que serão as mais definitivas. Agora mesmo, estou consultando, o sistema.

Há algo em seu pedido para ter provocado, estimulado, esse término precoce.

CLIENTE [*Pausa. Voz muito cansada.*] Por favor, [*Pausa.*] me ajude.

ATENDENTE II Por gentileza, fique na linha, aguarde um momento, peço apenas mais um momento. [*Música abafada toca por 315 segundos.*]

CLIENTE [*Ruído de respiração profunda e acelerada.*] Não deu para enxergar. [*Pausa.*] Saía sempre de ré, olhando para a árvore, sempre.

ATENDENTE II Apenas mais um momento, por favor, aguarde. [*Música abafada toca por 220 segundos.*]

CLIENTE [*Voz muito cansada.*] Como continuar assim?

ATENDENTE II Novamente, pela paciência, obrigado. Ao líder, do líder, foi necessário, do líder do meu supervisor, requerer uma nova intervenção manual. [*Pausa.*] Já notificado, o nosso centro de distribuição já foi avisado. Seu pedido, a qualquer momento, deve sair acelerado. Também, o chefe, de toda a operação, necessitou intervir, como disse, algo com o sistema, deve ter ocorrido, algum gargalo, em época de alta demanda estamos, algum ramo de entrega estrangulado, deve ter caído.

CLIENTE [*Silêncio.*] Não consigo seguir adiante.

ATENDENTE II [*Ruído de teclas aceleradas.*] Ótimo, finalmente. Apenas confirmando, por gentileza, confirmando seu pedido: [*Pausa.*] dez metros, um rolo de dez metros, [*Pausa.*] de sisal, está nesse exato momento, saindo, em entrega expressa, sem paradas, de nosso centro de distribuição. Nosso entregador, alocado especificamente para esses casos já está a caminho. [*Pausa.*] Nosso sistema de localização, por satélite, está conduzindo, guiando o entregador. [*Pausa.*] Em seu endereço, no seu pátio, ao lado da árvore, nas próximas duas horas, ele deve chegar com o seu pedido.

CLIENTE [*Silêncio.*] Um galho [*Pausa.*] que seja alto o suficiente.

ATENDENTE II	Algo a mais por você, alguma ajuda a mais que poderíamos lhe oferecer?
CLIENTE	Não se movia mais. [*Pausa.*] Uma criança, quando vi, não se movia mais. [*Silêncio.*]
ATENDENTE II	Agradecemos, ficamos muito gratos, por sua chamada. Por favor, espere mais um pouco, e deixe sua avaliação, após a gravação, aguente um pouco, apenas mais um pouco. [*Final da chamada.*]

III. O telemarketing ativo em ação

Diálogo para telemarketing ativo

AGENTE DE VENDAS, profissional de telemarketing ativo
CLIENTE, pessoa que recebe chamadas da empresa

Ruído atenuado de centenas de operadores de telemarketing no fundo.
Silêncio.

AGENTE DE VENDAS	[*Sistema disca número de Cliente. Telefone chama.*]
CLIENTE	[*Telefone desliga.*]
AGENTE DE VENDAS	[*Pausa. Sistema disca número de Cliente. Telefone chama.*]
CLIENTE	[*Telefone desliga.*]
AGENTE DE VENDAS	[*Pausa. Sistema disca número de Cliente. Telefone chama.*]
CLIENTE	[*Telefone desliga.*]
AGENTE DE VENDAS	[*Pausa. Sistema disca número de Cliente. Telefone chama.*]
CLIENTE	[*Chamada atendida. Som de melodia de piano no fundo. Voz exaltada.*] Alô?
AGENTE DE VENDAS	[*Ruído de centenas de operadores no fundo se acentua. Voz de timbre nem excessivamente grave, nem agudo.*] Bom dia. Tenho uma oferta para você. Este é um bom momento para ouvir, para conhecer a oferta que tenho para você?
CLIENTE	[*Voz cansada.*] Não é um bom momento.
AGENTE DE VENDAS	Compreendo exatamente, entendo como se sente, muitas outras pessoas, elas se sentiram da mesma maneira. Muitas outras pessoas, elas estavam em um mesmo momento, em um instante parecido, que não era um bom momento, talvez em

um mal momento, e todas elas, muito provavelmente, se sentiram da mesma forma. Elas se sentiram dessa maneira, não em um bom momento, até ouvir a oferta que eu tinha para elas, uma oferta que não mudou o momento, fosse ele bom ou mal, mas que ainda assim elas ouviram, ouviram talvez nesse mesmo exato momento que você vive agora, elas ouviram, elas descobriram o que eu tinha para falar, e mesmo que o que elas sentiam não tenha passado a ser, após eu falar, necessariamente um melhor momento, elas mudaram de ideia sobre a oferta, sobre se deveriam ter escutado ou não a oferta.

CLIENTE Preciso desligar, me desculpe.

AGENTE DE VENDAS Vamos ter certeza, estar seguros, de que estamos nos entendendo, um com o outro, outros também precisaram desligar, compreendo perfeitamente todas as possíveis razões para desligar, entretanto, muito outros mudaram de ideia quando chegamos, finalmente, em um entendimento mútuo da oferta.

CLIENTE Você não está entendendo.

AGENTE DE VENDAS Tenho completa noção, entendimento de que precisamos buscar, perseguir essa compreensão mútua. Entendo que tenho que lhe ajudar a entender a oferta que eu trouxe para você, que preparei para você, para o nosso mútuo acordo, uma oferta que você provavelmente já deseja, e reconhece que você precisa, mas que, por alguma razão, ainda possui de certo modo, uma fixa, rígida, objeção ou resistência. De toda maneira, buscando esse entendimento, e prometo, pois, que encerrarei, porei um fim, que nos despediremos, após chegarmos nesse entendimento, dessa maneira, novamente, mas de maneira diferente, lhe pergunto: você gostaria de saber a oferta?

CLIENTE [*Ruído de respiro brusco. Voz áspera.*] Qual é a oferta?

AGENTE DE VENDAS — Muito bem, muito outros também fizeram a mesma, essa mesma pergunta, embora reticente, sobre qual seria a oferta, outros tiveram a mesma curiosidade, de conhecer mais, mesmo em um mal momento, a vontade de saber, a curiosidade, em um mal ou bom momento, de saber qual era a oferta, mais exatamente, o que eu tenho como oferta para você, e todos os outros, todos não se arrependeram quando descobriram qual era a real oferta.

CLIENTE — [*Telefone desliga.*]

AGENTE DE VENDAS — [*Pausa. Sistema disca número de Cliente. Telefone chama.*]

CLIENTE — [*Telefone desliga.*]

AGENTE DE VENDAS — [*Pausa. Sistema disca número de Cliente. Telefone chama.*]

CLIENTE — [*Telefone desliga.*]

AGENTE DE VENDAS — [*Pausa. Sistema disca número de Cliente. Telefone chama.*]

CLIENTE — [*Chamada atendida. Som de melodia de piano no fundo. Voz exaltada.*] Por que insiste tanto?

AGENTE DE VENDAS — Muito bem, pois bem, contarei imediatamente que oferta é essa, além de tudo, ela é algo simples e muito importante, de acordo com como entendo o seu momento e a sua vontade de saber, e não quero me alongar, embora acredite que seja necessário, sim, um pouco de prolongação, sem excessos, respeitando a paciência, sim, é de certa maneira necessário, aguardar um breve instante, antes que eu traga a minha oferta, pois bem, eis que enquanto falávamos, sem percebermos, chegamos no momento correto, nem mal, nem bom, e sim o correto, apenas isso, para lhe contar essa oferta, pois o que tenho para lhe ofertar, sim, para oferecer em seu benefício, e eventualmente também em meu proveito, sim, já que em toda relação comercial há sempre, ou quase sempre, duas partes interessadas, dois lados buscando sempre, ou quase sempre, o mútuo benefício, e dessa maneira, o que tenho para lhe ofertar não é nada mais do que, tão simples como, minha oferta de maneira bem objetiva pode ser vista como, ou encarada como, uma janela.

CLIENTE [*Pausa.*] Não preciso de janelas. Por que você acha que preciso de janelas?

AGENTE DE VENDAS Estamos completamente de acordo que você não precisa, não tem necessidade de janelas, e perfeitamente, não estou falando das janelas, não propriamente da venda de janelas, e sim, daquelas janelas que permitem ver, observar, e talvez dependendo do momento revelar, iluminar, indicar novos caminhos, dar novas direções, daquelas que encontramos de maneira inesperada, pegos de surpresa, mas que naquele momento, em uma ansiedade de saber, conhecer um pouco mais, revelam o novo, o estranho, e dessa maneira, convido você para olhar, observar por meio de uma janela, sim, uma janela de verdade, a janela concreta na sua parede, aquela de frente ao prédio vizinho, tão próximo que permite ver com clareza o que ocorre dentro dele, e dito isso, convido você a sanar essa curiosidade, essa vontade reticente de saber, finalmente, olhando pela janela, para o prédio em frente, o que acontece na habitação vizinha, dentro de outra janela, sim, essa também, de verdade, em outra parede, do prédio vizinho, e aqui convido, tendo completo entendimento do momento, peço a você, encarecidamente, que olhe, a partir da sua janela, para essa outra janela, na parede do prédio, da habitação vizinha.

CLIENTE Não irei olhar. O que você sabe do vizinho?

AGENTE DE VENDAS Compreendo perfeitamente suas razões, suas motivações, talvez até mesmo seus anseios, para expor sua objeção dessa maneira, afinal, a janela, o prédio vizinho, a habitação ao lado, sempre esteve ali, e você, mesmo sabendo que essa janela sempre esteve ali, nunca agarrou a oportunidade de saber, de conhecer, entretanto, talvez algo mais sempre esteve ali, latente dentro de você, algo evitou que você com seus próprios olhos olhasse por essa janela, para a habitação vizinha, para a janela do outro, sempre aberta, às vezes apenas com uma cortina, ocultando, escondendo, o que talvez você sempre quis saber, o desejo de conhecer talvez oprimido, mesmo com a cortina sobre a janela, com o vento levantando o fino tecido, deixando tudo à vista, revelando tudo que sabemos que ocorre ao lado da sua janela, no outro prédio, na outra habitação.

CLIENTE — [*Pausa.*] Não quero olhar, não posso, tenho uma criança para cuidar. Por que você quer que eu faça isso?

AGENTE DE VENDAS — Ótimo, entendo perfeitamente sua persistente, talvez rígida, ou fixa, objeção, até mesmo resistência, em olhar para a janela, para o prédio ao lado, para a habitação vizinha. Pois bem, compreendo também, que nesse exato momento, após tantos instantes em aguardo, já passamos do momento que poderia talvez configurar como o instante de encerrar, ou desligar, essa chamada, pois já passamos do ponto, da linha, a partir da qual não é possível retornar para o estado original, aquele do desconhecimento, de não querer conhecer essa situação. Dessa maneira, acredito sim, que você irá querer olhar, observar, por meio de sua janela, e dessa outra janela, a da habitação vizinha, e posso até mesmo, de maneira cautelosa, antecipar o que talvez você irá, ou esteja até mesmo esperando observar lá dentro, dessa habitação vizinha, o que ocorre nesse outro recinto, que embora possa ser algo íntimo, ocorre de maneira descoberta, talvez apenas com um leve tecido dançando ao vento, mas nem mesmo ocultando, exatamente isso que você talvez já saiba, e aqui espero ajudar com minha oferta, espero apoiar você a vencer essa objeção, e a finalmente olhar para a janela da habitação vizinha, e nesse intuito, de ajuda mútua, você gostaria que eu antecipasse o que, eventualmente, talvez já sabidamente, você irá ver?

CLIENTE [*Silêncio. Som de melodia de piano no fundo.*]

AGENTE DE VENDAS Perfeito, eu tenho convicção, certeza de que em todo processo de construção, de uma negociação, para um benefício conjunto, em busca de um ganho mútuo, esse momento, um instante de pausa, de silêncio, representa quase sempre um instante de acordo, de internalização, de chegada em um ponto comum no qual antes o que era talvez uma objeção, uma rejeição, se torna de fato aceitação, afinal, encarando os fatos e a realidade, nem sempre para nosso deleite, essa cortina aberta se revela para você, o que representa um grande momento, talvez um divisor de águas, e para reconhecer esse momento único, vou antecipar, ou talvez até mesmo acompanhar, o que você virá ou talvez até mesmo já esteja vendo nesse exato momento.

CLIENTE [*Silêncio. Barulho de janela abrindo. Som do exterior, pássaros, ventania, se acentua. Som da melodia de piano no fundo se acentua.*]

AGENTE DE VENDAS Muito bem, dessa maneira, como percebo, deixe, permita que eu lhe apoie nesse momento, pois ao observar a janela creio que não haverá, não se apresentará nenhuma novidade, pois de toda maneira, ela, a verdade, sempre esteve ali, na habitação vizinha, pois pela janela, do prédio ao lado, se pode ver, até mesmo apreciar, a preta, longa cauda, reluzente, de um piano na sala de estar da habitação vizinha, e a melodia, sempre presente, às vezes timidamente, outras vezes mais intensa, muitas vezes na sua ausência, mais recentemente sempre em sua presença, ela ecoa, essa melodia do piano longo, preto, reluzente, reconhecível, de longe, até mesmo daqui de onde escuto, muito provavelmente um Steinway, mesmo sem poder com meus olhos confirmar, tenho quase certeza, sim, um Steinway, ecoando um Trio, o "Fantasma", estou quase seguro, se a memória não me falha, de Beethoven, mesmo somente com a parte do piano, de toda maneira inconfundível, essa lenta melodia, talvez um pouco amedrontada, mas com certeza, de fato sedutora. Enfim, acredito que a música, o som do piano, já convivesse em seu interior, sempre ali, incansável, lhe acompanhando, e arrisco que o que deve estar vendo, observando agora, seja o que talvez estivesse causando essa fixa, rígida, objeção, pois sim, ali, por trás das cortinas, levadas pelo vento, levantadas ao ar, estão as duas pessoas, quando não sentadas ao lado do piano, deslizando os dedos pelas teclas, pelas superfícies delicadas, emitindo notas muitas vezes harmoniosas, quando não sentadas estão elas interrompendo a harmonia, [*Som de melodia de piano no fundo se interrompe em notas dissonantes.*] as duas por cima do piano, esparramadas, deitadas sobre a cauda fechada, se entregando a outra melodia, a outro tipo de harmonia, sobre o Steinway, em deleite, em prazer extremo, no prédio ao lado, na habitação vizinha, as duas pessoas, e você deve estar vendo, e talvez já estivesse esperando, essas duas pessoas totalmente entregues à fruição plena, completa do prazer, incólumes, indiferentes ao fato, não pouco relevante, que você, pelas duas janelas, a sua, e a da habitação vizinha, consegue observar, enxergar, mesmo com a cortina de leve tecido levada ao vento, consegue identificar tudo que acontece, e não somente isso, pois tudo você já sabia e talvez precisasse apenas do meu apoio, da minha oferta, para finalmente, de maneira conclusiva, olhar para a habitação vizinha e ver essa pessoa debruçada sobre o piano, com a outra, entregue de corpo e de alma, e não ter mais nenhuma dúvida sobre essa pessoa, embora eu acredite que você não tivesse nenhuma, nenhuma dúvida sobre essa mesma pessoa, tão próxima, ela que vive com você, que forma um casal com você, que deveria cuidar de uma criança com você, mas que visita em demasia a outra pessoa no prédio vizinho, enquanto você, em casa, criando a criança, apenas você com a criança, escutando a melodia, enquanto essa pessoa que deveria estar com você está na habitação vizinha com a outra, que é dona do piano de cauda longa, antes em visitas apenas para aulas de música, mas agora em outro tipo de visita, e que você em seu íntimo pensamento já vinha nutrindo nem mesmo suspeitas, mas sim certezas, quase absolutas, mas que nunca antes, até hoje, por meio de minha oferta havia finalmente decidido observar, enxergar com seus próprios olhos, afinal, o que essa pessoa tanto fazia na habitação vizinha.

CLIENTE [*Silêncio.*]

AGENTE DE VENDAS Pois bem, enquanto observa a melodia, a música da habitação vizinha, quero que saiba, que esteja seguro, que tenho total respeito pelo seu momento de contemplação, ou talvez, de ponderação. Entretanto, devemos chegar ao derradeiro momento da oferta, da proposta comercial, daquilo que de fato, de maneira concreta, consigo fazer por você. Pois posso lhe oferecer algo, algo para comprar, pois afinal, ainda estamos em uma transação, uma troca comercial na qual você paga por algo, e eu lhe dou esse algo em troca, do que você, de maneira muito bem consentida e consciente, está disposto a me pagar, esse valor pelo qual está disposto a pagar, um valor justo, tanto para você, que percebe o benefício do produto, como para mim, que devo ser remunerado de acordo com o valor do trabalho que lhe proporciono, seja ele a possibilidade de ter o próprio objeto que vou lhe oferecer, como também toda a descoberta do que você talvez ainda não soubesse, embora eu acredito que todos saibamos o que precisamos, e tudo afinal não passaria de ter alguém, uma pessoa hábil, para simplesmente levantar essa cortina, alguém que nos faça ver o que está ali exposto, sem cobertas, deitado sobre o piano, esse alguém então que nos proponha, que nos oferte algo, que não somente tire qualquer dúvida, mas que também resolva, solucione essa necessidade recém descoberta, mas que sabemos bem se tratar de algo não tão recente, mas até mesmo muito antigo. Então finalmente, venho aqui lhe perguntar, se você teria interesse em comprar, em adquirir, o objeto que venho lhe ofertar, sem condicionantes, sob qualquer preço, contanto que essa oferta venha solucionar, encerrar essa melodia, uma lâmina que corte qualquer dúvida, para dar um fim ao deleite esparramado, ao prazer debruçado sobre a cauda longa e preta do piano da habitação vizinha. Então, finalmente, você quer comprar o objeto que tenho a lhe oferecer?

CLIENTE [*Pausa prolongada.*] Eu [*Pausa.*] compro.

AGENTE DE VENDAS Ótimo, eu não tinha dúvidas de que não deixaria uma oportunidade como essa, tão providencial na sua vida, passar. Dito isso, encerro nossa interação, e agradeço o voto de confiança de sua compra. Agora mesmo, nesse exato instante, repasso sua chamada para nosso setor encarregado de concretizar a transação, para que possam finalizar o pagamento e preparar a entrega de sua afiada compra. Que tenha, que desfrute, de um ótimo dia. Muitíssimo obrigado. [*Final da chamada.*]

IV. O telemarketing híbrido em ação

Diálogo para telemarketing híbrido

ATENDENTE DE VENDAS, profissional de telemarketing híbrido
CLIENTE, pessoa que entra em contato com a empresa

Ruído atenuado de centenas de operadores de telemarketing no fundo.
Silêncio.
Chamada de Cliente é direcionada para Atendente de vendas

ATENDENTE DE VENDAS [*Voz de timbre nem excessivamente grave, nem agudo.*] Bom dia, um momento, por favor. [*Pausa breve.*] Agradeço a espera, como posso lhe ajudar?

CLIENTE [*Voz irritada.*] Eu tenho uma reclamação, [*Pausa.*] eu gostaria muito de fazer uma reclamação.

ATENDENTE DE VENDAS Perfeito. Como posso lhe ajudar?

CLIENTE Preciso que escute minha reclamação.

ATENDENTE DE VENDAS [*Silêncio.*]

CLIENTE Eu quero que você me escute.

ATENDENTE DE VENDAS Perfeito. [*Pausa.*] Estou escutando.

CLIENTE Estou reclamando nesse exato momento, quero que você escute minha reclamação. Você está escutando?

ATENDENTE DE VENDAS Estou escutando [*Pausa.*] claramente.

CLIENTE Eu quero dizer, você realmente está escutando?

ATENDENTE DE VENDAS Quero dizer que estou, [*Pausa.*] estou lhe escutando.

CLIENTE É isso, isso mesmo, eu quero que alguém me escute.

ATENDENTE DE VENDAS Isso mesmo. Qual seria sua reclamação?

CLIENTE	Pois eu quero que me escute, escute de verdade minha reclamação. Pois me diga: há alguém de verdade me escutando?
ATENDENTE DE VENDAS	[*Silêncio.*]
CLIENTE	O que está fazendo? Eu tenho uma reclamação. Me diga!
ATENDENTE DE VENDAS	[*Silêncio.*]
CLIENTE	Diga alguma coisa! Por favor!
ATENDENTE DE VENDAS	[*Ruído de uma respiração longa e profunda.*] Solta... nesse mundo... solta... eu era... uma criança.... apenas uma criança... eu era... solta nesse mundo... sozinha... abandonada... não sabia ainda... exatamente... o que eu era... ninguém... absolutamente ninguém... e solta nesse mundo... mundo cretino... todos um bando... um bando de cretinos... todos... absolutamente todos... um motivo de chacota... e eu não sabia de nada... e para todos... para absolutamente todos.... eu era um nada... pior que nada... e depois dos treze... ainda pior... um pesadelo... da minha roupa... do meu jeito... todos falavam... meus pais... foram cedo... o resto da família... um bando de cretinos... aquele imbecil... o mais escroto... que cabelo é esse?, perguntava.... quanta raiva eu tenho... aquele imbecil... fez aquilo... não posso... o quê?.... não posso... a minha cabeça... ele fodeu com a minha cabeça... tudo fodido... muito fodido... fui embora... pra rua... muito só... na rua... na cidade... tudo fodido... viver na rua... você não sabe... ah, não sabe... como foi fodido... pra mim... emprego... não tinha... você não sabe... nunca tinha nada... com esse cabelo?, diziam.... bando de cretinos... muito só... na rua... a gente se vira... você sabe... a gente se vira... isso você sabe né?.... eu não sabia... não sabia o que era se virar... ah, foi muito tempo... muito tempo assim... muito fodido... muitos anos... só tinha filha da puta... bando de cretinos... quando não apelavam... sempre apelavam...

partiam pra porrada... levei muita... quebrei costela... perdi dente... também dei muita porrada... parei no hospital... dias no hospital... também mandei alguns... numa dessas... quase não saí... tudo quebrado... por dentro tudo podre... tudo fodido... você não imagina... a rua... como é... aquele pesadelo... só maluco... só fodido!.... todo dia... morria um... também tudo... tudo filha da puta... só tem filha da puta... que mundo fodido... não queria mais voltar pra rua... nem fodendo... não quero não... a rua é muito fodida... mas às vezes... às vezes dá vontade, sabe?... porque aqui... aqui também só tem fodido... muito fodido... só tem cretino... bando de cretinos... só tem filha da puta!... não sei nem... não faço ideia... de como cheguei aqui... como vim parar... o dia inteiro aqui... trabalhando sem parar... o dia inteiro com o ouvido pendurado... na porra do telefone... descobri que tem mais... um monte que nem eu... tem gente que volta... se manda de volta pra rua... eu não tô afim... mas vou dizer.... te contar... tá escutando?... é foda viu?... é muito foda... tão pouco se fodendo... mas pelo menos... pelo menos... não tão nem aí pro meu cabelo... dia desses... vim montada... muita risadinha... gente cretina... mas foda-se... foda-se... é só seguir... obedecer o script... script ridículo do caralho... e os clientes... também um bando de cretinos... não estão te vendo... deve ser por isso... por isso acho... acho que me arranjaram essa merda de trabalho... só tem que tentar... tentar falar normal... eles dizem... uma porra de tom neutro... seguir o script... e escutar os filha da puta... escutar muito filha da puta... paciência... é que nem lamber... e engolir.... engolir porra seca... já engoliu porra seca?... é que nem engolir porra seca... paciência... ajuda com as contas... ajuda pouco... mas ajuda... não quero voltar... pra porra da rua.... às vezes também... tem que encher o saco... o saco dos cretinos... a gente fica o dia inteiro... o dia inteiro ligando... nunca atendem... ligar... atender... é tudo fodido... que saco... e uma musiquinha... de encher o saco... musiquinha clássica... porra de música clássica... às vezes penso... penso em sair... tentar outra coisa... era fodido na rua... mas aqui também... só tem maluco... muito maluco... tem chefe... tem chefe de chefe... ficam todos ali... no seu cangote... só atrapalham... dia desses... resolveram dar chocolate... chocolate desses... desses mais chiques... pra quem vendesse mais... ah, sério... tomar no cú.... os cretinos ficam ali... no seu cangote... controlam tudo... até a hora de mijar... de cagar... e vão dar chocolate?... tomar no cú... aliás... um dia.... fui pro outro banheiro... e quer saber?.... tá todo mundo tão fodido... que foda-se... deram risada... e foi só... a gente dá risada... na rua também... a gente dava... será que é isso?... às vezes penso... penso sério... na vida... na vida muito fodida... só tem fodido... e tudo pra quê?... pra dar risada?... merda de risada... nunca ajudou ninguém... que vida de merda... falando nisso... que merda... por que... por que fui lembrar disso... que vida de merda... dia desses... faz pouco tempo... foi horrível... só se falou disso... o dia inteiro na operação... todo mundo falando disso... aconteceu tudo... tudo no mesmo condomínio... triste... me deixou muito triste... muito triste... caralho... que horrível... uma criança... sozinha... mataram uma criança... coitadinha... solta... o casal... deixaram solta... sozinha no pátio... o casal se pegando... se matando... se esfaqueando... que bando de filha da puta... muito fodido... e a criança sozinha... solta nesse mundo!... no pátio... passou por cima... um filha da puta de carro... dando ré... custava olhar a porra do retrovisor!?... dizem que

	foi sem querer... não importa... morreu também... pendurado numa árvore... no pátio do condomínio... merecia coisa pior... matar uma criança sozinha... nesse mundo?... tudo passou por aqui... por aqui mesmo... na porra do telefone, acredita?... que mundo horrível... esse telefone fodido... tudo por esse telefone fodido... você tá escutando?... eu preciso que você escute... já escutei muito... já escutei demais... você tá escutando?
CLIENTE	[*Silêncio.*]
ATENDENTE DE VENDAS	Não haveria algo a mais que poderíamos fazer por você?
CLIENTE	Não.
ATENDENTE DE VENDAS	Ótimo. Gostaria de aproveitar, já que teve sua demanda atendida, para perguntar: gostaria de conhecer a oferta especial que preparamos para você hoje?
CLIENTE	Ótimo.
ATENDENTE DE VENDAS	Perfeito. Tenho certeza de que gostará dessa oferta. Para o mesmo produto que possui hoje, temos uma condição especial para você. Você pode adquirir outro igual pela metade do preço original. Você teria interesse em adquiri-lo?
CLIENTE	Perfeito.
ATENDENTE DE VENDAS	Tenho certeza de que não irá se arrepender. Agora mesmo, vou encaminhar sua chamada para nosso setor de compras, para finalizar o pagamento, e preparar a entrega da mercadoria. Muito obrigado. [*Fim de chamada.*]

V. Referências adicionais e considerações finais

Conforme já mencionado, essa nova versão do manual operacional foi preparada para servir como um guia inovador, objetivo e prático para todas as operações de nossa empresa no mundo. Entretanto, a estruturação e a gestão de uma operação de telemarketing é algo que abrange outras dimensões não desenvolvidas nesse mesmo manual. Dessa maneira, ressaltamos a importância da leitura do conjunto completo de manuais preparados para as operações de nossa empresa. Para a referência do leitor, os outros manuais são:

a) Manual de engenharia de telemarketing: instruções detalhadas para a contratação e construção da infraestrutura física e tecnológica de uma operação;

b) Manual de gestão de pessoas de telemarketing: melhores práticas na atração, contratação, treinamento, motivação, e retenção dos profissionais de telemarketing;

c) Manual do cliente de telemarketing: perfil, exigências e expectativas dos clientes atendidos por nossas operações;

d) Manual de gestão de desempenho de telemarketing: os principais indicadores de desempenho e as melhores práticas de aceleração dos resultados de uma operação;

e) Manual de tecnologia avançada de telemarketing: as mais modernas ferramentas e técnicas de interação que permitem ir além do uso tradicional do telefone.

Finalmente, esperamos que esse manual tenha permitido ao leitor, seja em uma leitura atenta e completa para a estruturação de uma nova operação, ou em uma consulta pontual para o seu dia a dia de trabalho, entender o potencial oferecido pelas possibilidades do telemarketing.

APÊNDICE I

O algoritmo

O algoritmo nomeado WATT (Words-Assessed-reconsTrucTed), originalmente desenvolvido por matemáticos irlandeses durante o período da Segunda Guerra Mundial, foi criado a pedido das forças Aliadas para interceptar e interpretar a comunicação cifrada das potências do Eixo. Entretanto, há apenas um breve registro do uso do algoritmo durante a guerra, quando ele foi aplicado em ações isoladas de sabotagem das operações da Alemanha nazista no sul da França.

Com o fim do conflito, e o período de reconstrução econômica, o algoritmo passou rapidamente a ser utilizado em diferentes aplicações de análise textual, e com o tempo, e o avanço da tecnologia, incorporou lógicas de reconhecimento de voz e de reconstrução de fala. Dentre os casos mais célebres, podemos citar a aplicação do algoritmo em um dos primeiros programas de simulação de psicoterapia psicanalítica, em um novo método no qual o paciente, após longas sessões de perguntas e respostas mediadas pelo algoritmo, passava a ouvir a reconstrução artificial de gravações de seu próprio aparelho psíquico, possibilitando ao paciente ouvir representações de si mesmo em diferentes momentos de vida. Esse projeto, embora apresentando resultados iniciais encorajadores, acabou interrompido por razões não divulgadas.

Atualmente, o algoritmo WATT é utilizado principalmente em soluções que necessitam da análise robusta de grandes volumes de interação verbal e da reconstrução multivariável de comunicação que simule o comportamento humano. Em caráter experimental, nossa empresa contratou o algoritmo para uma de suas primeiras aplicações no contexto de telemarketing. É importante ressaltar que o uso do algoritmo em nossas operações estará rigorosamente restrito a situações de análise de melhores práticas, e de capacitação e treinamento das equipes de nossas operações. Qualquer menção ao seu eventual uso futuro na substituição da figura do operador de telemarketing é pura especulação e não deve receber nenhuma posição oficial da liderança da empresa.

Lógica do algoritmo

Especialmente para a nossa empresa, o algoritmo WATT foi adaptado para melhor servir os objetivos de negócio de nossas operações. O cerne do algoritmo consiste em sua capacidade de processar interações humanas em texto ou em voz, e com base em uma lógica adaptativa, reconstruir interações, em texto ou em voz, que obedeçam a uma regra de negócio pré-definida. Para o contexto de nossas operações foi desenvolvida uma regra matemática capaz de determinar, e prever, com assertividade estatística a efetividade real de cada interação individual de telemarketing.

Para determinação dessa nova regra matemática de negócio, o próprio algoritmo, analisando centenas de milhares de interações de nossa operação, construiu o que definimos como a função objetivo de efetividade de interação remota assistida, que é dada pela expressão abaixo:

$$f(a, r) = 1/(U*O) \text{ sum\_(n=0)\^{}}\infty \; D/(n + r)\text{\^{}}a$$

Onde:
a = variável representando a interação em ação
O = satisfação desejada do operador de telemarketing
n = número de interações envolvidas no período de análise
r = variável representando o resultado financeiro da interação
U = custo médio de uma interação de telemarketing
D = satisfação desejada do cliente

Com a equação desenvolvida e calibrada, a maximização da função objetivo guiará todas as decisões do algoritmo. Dessa maneira, para cada nova interação de telemarketing, o algoritmo ouve e interpreta cada uma das centenas de milhares de interações de nosso histórico, calcula o resultado da função objetivo para o período considerado, e fragmenta a linguagem analisada em blocos de significado único e indivisível. De posse dos elementos primários da linguagem considerada, o algoritmo então reconstrói uma nova interação para a respectiva situação em ação, que é representada pela variável *a* (um valor que pode oscilar entre -1 e 1, e sintetiza a totalidade das características de um exato instante da situação em análise), buscando sempre maximizar a função objetivo, variando não somente o uso das palavras e a construção das frases, mas também adaptando o tom de voz do atendimento, por meio de um ciclo de feedback contínuo no qual o estado psicológico do cliente é constantemente analisado e classificado.

Uso do algoritmo e próximas fases

Conforme já mencionado, o uso do algoritmo para os fins descritos nesse manual ainda se encontra em fase experimental. Após uma primeira etapa de testes, da qual esse manual faz parte, o algoritmo passará a ser implantado em toda sistemática de capacitação das nossas equipes, e todas as nossas operações serão gradativamente incorporadas à lógica de maximização da função objetivo trazida pelo mesmo algoritmo.

Como resultado, esperamos que cada vez mais nossas operações contribuam para o desenvolvimento contínuo dos negócios da empresa, garantindo a máxima satisfação de nossos clientes e a aceleração da venda remota de nossos produtos e serviços. Finalmente, é esperado que a próxima versão desse manual seja atualizada com os aprendizados da fase atual de testes. ✪

APÊNDICE II

Histórico de revisão do documento

Data	Revisado por	Descrição
Dec., 1989	Dep. de Oper.	Versão 1.0 — início da operação
Mar., 1992	Dep. de Oper.	Versão 1.1 — novas categorias de atendimento
Nov., 1997	Consultor ext.	Nota técnica — adequação de script
Mai., 1998	Dep. de Oper.	Versão 2.0 — novos scripts para treinamento
Mar., 2004	Dep. de Audit.	Ajuste de *compliance* — rel. trabalhistas
Mai., 2004	Dep. de Audit.	Ajuste de *compliance* — cód. consumidor
Jul., 2009	Consultor ext.	Nota técnica — teste de discador automático
Set., 2009	Dep. de Oper.	Versão 3.0 —ferramentas automáticas incorporadas
Jan., 2012	Consultor ext.	Nota técnica — tom de voz e sotaques
Jun., 2012	Dep. de Oper.	Versão 3.1 — orientações de tom de voz e sotaques
Out., 2017	Dep. de Oper.	Versão 3.2 — nova estrutura organizacional
Set., 2020	Consultor ext.	Nota técnica — direcionamento automático de chamada
Dez., 2020	Dep. de Oper.	Versão 4.0 — direcionamento automático incorporado
Jul., 2021	Consultor ext.	Nota técnica — novas tecnologias de interação
Out., 2021	Dep. de Oper.	Versão 4.1 — sistema de interação remota aplicado
Dez., 2021	Consultor ext.	Nota técnica — Fase inicial de testes de interação por IA
Jan., 2022	Dep. de Audit.	Alerta de *compliance* — risco legal e reputacional
Fev., 2022	Dep. de Tec.	Alerta de SI — estabilidade do sistema comprometida
Fev., 2022	Dep. de Tec.	Alerta de SI — mensagem intrusa desconhecida "*aon rud*"
Mar., 2022	Dep. de Audit.	Alerta de *compliance* — risco operacional grave detectado
Mai., 2022	Consultor ext.	Nota técnica — Fase final de testes de IA cancelada
Mai., 2022	Dep. de Oper.	Versão 4.2 — rejeitado e arquivado

Cara leitora, caro leitor

A **ABOIO** é um grupo editorial colaborativo.

Começamos em 2020 publicando literatura de forma digital, gratuita e acessível.

Até o momento, já passaram pelo nossos pastos mais de 300 autoras e autores, dos mais variados estilos e nacionalidades.

Para a gente, o canto é conjunto. É o aboiar que nos une e que serve de urdidura para todo nosso projeto editorial.

Valorizamos cada doação e cada apoio.

São as leitoras e os leitores engajados em ler narrativas ousadas que nos mantêm em atividade.

Nossa comunidade não só faz surgir obras como a que você acabou de ler, como também possibilita nos empenharmos em divulgar histórias únicas.

Portanto, te convidamos a fazer parte do nosso balaio!

Todas apoiadoras e apoiadores das pré-vendas da **ABOIO**:

—— Recebem uma primeira edição especial e limitada do livro;

—— Têm o nome impresso nos agradecimentos de todas as cópias do livro;

—— São convidadas a participarem do planejamento e da escolha das próximas publicações.

Entre em contato com a gente pelo nosso site www.aboio.com.br ou pelas redes sociais para ser um membro ativo da comunidade **ABOIO** ou apenas para acompanhar nosso trabalho de perto!

E nunca esqueça: **o canto é conjunto.**

Apoiadoras / es

Essa primeira edição impressão não seria a mesma sem o apoio de cada um de vocês. Normalmente, agradecemos apenas por projeto. Desta vez, faremos diferente. Segue abaixo todo mundo que fez parte dos primeiros passos da nossa história, contribuindo, o mínimo que seja, com algum dos nossos primeiros três livros (além dessa revista), entre agosto até dezembro de 2022. A todos vocês, nosso mais sincero agradecimento.

Adolfo Penaforte da Silva
Adriana de Moraes
Adriane Figueira
Adriano Seidi Demarchi Mikami
Aldete Costa
Alessandra Capistrano Guimaraes
Alessandra Silva Rocha
Aline Barbosa
Aline Cristina Polin
Aline Tedeschi
Amilcar Moraes Ribeiro
Ana Brawls
Ana Cecilia Araki
Ana Cecília Câmara
Ana Cláudia Ferreira Martins
Ana Cristina Balestro
Ana Letícia Meira Schweig
Ana Marotta
Ananda Paganucci
André Coelho Mendonça Eler
André Luiz Costa
André Sirino da Silva
Andrea del Fuego
Anna Carolina Rizzon
Antônio Carmo Ferreira
Arlete Mendes
Armando Guinezi
Arthur D'Elia
Beatriz Maia do Carmo e Sá
Beatriz Soares Villar Nogueira Paes
Bianca Alves da Paixão
Bianca Amorim
Bianca Fonseca
Branca Lescher
Bráulia Meireles
Bruna Medeiros Hamabata
Bruno Vaz
Caco Ishak
Caio Girão Rodrigues
Caio Nogueira Zerbini
Caio Pezzo Bento
Caio Sayad
Camila Baccarin
Camila Cardoso do Bomfim
Camila Eduarda Loli Pereira
Camila Ghattas
Camilo Gomide
Carina Bacelar
Carla Guerson
Carlos dos Santos Pepe Lustoza

Carlos Eduardo de Lucena Castro
Carlos Eduardo Leite Nunes
Carolina Ary
Carolina Melo
Carolina Quintella
Caroline Zheng
Celiane Chaves de Oliveira
Cíndila Bertolucci Batista
Claudia Fainello
Claudia Freire
Cláudia Tambasco
Cleiton Calebe da Silva Guerra
Daiane de Oliveira Mansano
Dânia Cristina da Silva Melo
Daniel Flores da Cunha
Daniel Giotti de Paula
Daniel Leite
Daniel Russell Ribas
Daniel Torres Guinezi
Darliane Santos Silva
Débora de Alcântara e Silva
Débora Gonçalves
Débora Kenner Almeida Alves
Débora Roberta Carneiro Gomes
Deborah Couto e Silva
Denise Lucena Cavalcante
Denise Nobre
Diego Carvalho
Diego Chiummo
Diogo Cronemberger
Ednilson Toledo
Eduardo Augusto Perissatto Meneghin
Eduardo Nasi
Eleonora Goulart
Elisama Oliveira Campos de Araujo
Emmanuel Cristiano Guimarães Queiroz
Enzo Antonio dos Santos Vignone
Érick Miranda Lima
Erik Matajs Laven
Erika Cristina dos Santos Virgens
Erlândia Ribeiro
Ester Santana de Paulo
Ester Tereza Teixeira Gonçalves
Etevaldo Neto
Evelyn Sartori
Fabiana Gomes Lima
Fabio Maciel
Fabio Santiago
Felipe Pyhus Julius
Fernanda Bock Floriano
Fernanda Caroline Vela de Araujo
Fernando da Silveira Couto
Fernando Longhi Pereira da Silva
Filipe Porto
Flavia Cavalcante
Flávia Gonzalez de Souza Braz
Flavia Martins de Carvalho
Flora Miguel
Francis Aline Marotta
Francis Flores
Francisco Magalhães Monteiro Neto
François Claude Prado Boris
Gabriel Cruz Lima
Gabriel H. F. Silva
Gabriel Hiroyuki Kanashiro
Gabriel Monteiro Ponte
Gabriel Morais Medeiros
Gabriela Barbosa
Gabrielle Vilas Boas Nunes e Guido
Gael Rodrigues

Georges Alphonse Prado Boris
Giovanna Agio Manfro
Giovanna Marina Giffoni
Giovanni Ghilardi
Gisele de Araújo Prateado Gusmão
Glauber Hiroito Pereira
Glaucio Ney Shiroma Oshiro
Greta Comolatti
Guilherme Giesta
Guilherme Gurgel
Guilherme Palhares Drumond Gabriel
Gustavo Bechtold
Gustavo Henrique da Silva Andrade
Gustavo Marques da Silva
Heitor S. Brandão
Helimar Macedo Marques
Helton de Favari Lemes
Henrique Emanuel de Oliveira Carlos
Heros Fernandes Martines Paulo
Hugo César Paiva
Humberto Pio
Icaro Ferraz Vidal Junior
Igor Patrick Silva
Igor Samuel Custódio Nascimento
Indira Mara Santos
Isabela Bertogna Petruz
Isabela Moreira
Isabela Otechar Barbosa
Isadora de Almeida
Izabel Aparecida serafim de Souza
Jadson Rocha
Jairo Macedo Junior
Jian Porto
João Demétrio de Alencar Pinheiro
João Gabriel Teixeira Lima
João Luis Nogueira Matias Filho
João Paulo de Souza Böger
João Pedro Bub
João Pedro Correa e Silva
João Vitor Camara
José Eduardo Escobar Nogueira
José Maurício Forkel Nunes da Silva
Jozias Benedicto
Júlia Calipo Toth
Júlia Melo
Julia Rosa
Julia Santalucia
Jussara Cortes
Karina Aimi Okamoto
Karine Anton de Souza
Karla Emanuele Castelo Paz
Kauan Santos Almeida
Kelly de Souza Ferreira
Keyth da Fonseca Silva
Laila de Albuquerque Moraes
Laís Werneck
Larissa Modesto Francoti
Larissa Nagao
Larissa Zylbersztajn
Laura Cardani
Laura Redfern Navarro
Leidiane de Lima Turatti
Leonardo Gama dos Santos
Letícia Karen dos Santos
Letícia Negresiolo
Lidyanne Aquino
Lizia Gabriela de Pinho Nina
Lorena Piñeiro Nogueira
Lorenna de Souza Pazini
Lorenzo Cavalcante

Luan Daylon Almeida Alves
Lucas Augusto Pestana Silva
Lucas de Chiaro
Lucas Felipe Wosgrau Padilha
Lucas Jordani de Andrade
Lucas Silva Camacho
Lucas Vasconcelos Silva
Lucas Verzola
Luciana Miho Kawasaki
Luciana Porto Pereira de Castro
Lucianna B. Salles
Luciano Cavalcante Filho
Luciliana Fonteque Bergoc
Luis Felipe Alves Fonseca
Luisa Manske
Luísa Maria Machado Porto
Luísa Trajano Ribeiro
Luiz Gabriel Ribeiro Locks
Luiza Ary
Luiza Lorenzetti
Luiza Sposito Vilela
Lydia Mendonça do Plado
Maíra Bedin
Manuela de Souza Ferreira
Marcela Roldão
Marcelo Reis Maia
Marcia Carini
Marcia Cristina Ghirardello
Marco Bardelli
Marco Tulio Porto Santos
Marcos Antonio Pineda Serafim
Marcos de Oliveira Carneiro
Marcos Mantovani
Marcus Cardoso
Mari E. Messias
Maria Clara Conrado de Niemeyer Soares Carneiro Chaves
Maria Eunice Barbosa Bandeira
Maria Inez da Frota Porto
Maria Luiza Maia
Mariana Bortolotti Capobiango
Mariana Carvalho Mendes
Mariana Fernandes Della Mura
Mariana Mine
Mariana Paiva
Mariana Rodriguez Zanetti
Marina Gonçalves Fodra
Marina Lourenço
Marina Luanda Privado Coelho
Marina Oliveira
Marino Luís Michilin Godoy
Mateus Torres Penedo Naves
Matheus Augusto Alves de Oliveira
Matheus Couto Hotz
Matheus Henrique dos Santos Almeida
Maurício Bulcão Fernandes Filho
Mauricio Miranda Abbade
Mauro Paz
Maybi Rodrigues Mota
Melanie Borges de Souza
Mireia Arruda Figueiredo
Mônica Sayuri Tomioka Nilsson
Morgana Kretzmann
Nabylla Fiori de Lima
Natalia Gladysh
Natália Pinheiro
Natália Rezende Oliveira
Natália Zuccala
Nathalia Rodrigues Martins Furtado
Nirlei Maria Oliveira

Pablo Fernando de Araújo
Pamela Andrade
Paola Cristina de Faria Sciammarella
Paulo Matheus Silva Oliveira
Paulo Scott
Pedro Augusto Dias Baía
Pedro Henrique Vigné Alvarez de Steenhagen
Pedro Pendeza Anitelle
Pedro Sussekind
Pedro Torreão
Priscila Valero
Rafael Burgos
Rafael de Arruda Sobral
Rafael Ganzerli Auad
Rafael Nyari
Rafael Sousa Rodrigues
Rafaela Leite
Raíssa Velten Rodrigues
Raphaela Miquelete
Renata Minami
Renata Penzani
Renzo Comolatti
Renzo Emilson Braga Junior
Ricardo Andrade Amaral
Roberta Fontes Lavinas
Rodrigo Barreto de Meneses
Rodrigo Mendonça
Rogerio Kenji Takada
Rosemary Teixeira
Rozana Cominal
Sabrina Cardoso Rodrigues
Salma Soria
Samara Belchior
Samuel Henriques de Souza
Sara Adriana Voltolini
Sávio Lucas Lacerda de Araújo
Sheilla Moreira
Sibele Reis Reynaldo
Sofia Soter
Stephan Jakobovitsch Góes
Tayná Gonçalves Pinto
Tayriny Silva Costa
Thais Campolina Martins
Thais Leitao Lima
Thaisa Burani
Thalles Ferreira de Oliveira
Thayná Facó
Thércio Andreatta Brasil
Túlio Enrique Stafuzza
Ulisses Bresciani
Valéria Nunes de Oliveira
Valeska Alves-Brinkmann
Vera Horn
Verena Veludo Papacidero
Veronica Silva Fontes
Victor Corrêa Ortsen
Victor Lemes Cruzeiro
Victor Prado
Vinicius Azevedo
Vinícius Natanael Soares de Carvalho
Vinicius Slova
Vitor Butkus
Vivian Pizzinga
Walter Gonzalis
Weslley Silva Ferreira
Xico Sá
Xiaoxi Yu
Zhenghao Chen

Esta obra foi composta em Artigo e Adobe Text Pro.
O miolo está no papel Polén Bold 90g/m².
A tiragem desta edição foi de 300 exemplares.
A gráfica responsável pela impressão foi a Edições Loyola.

ENSAIO, PROSA, POEMAS
E ARTES VISUAIS POR

André **Balbo**
Anny **Costa Chaves**
Anny **Lemos Ferreira**
Bárbara **Serafim**
Carlos **Orfeu**
Dan **Porto**
Dheyne **de Souza**
Fabiano **Carvalho**
Fernanda **Gontijo**
Gabriela **Ripper Naigeborin**
Geovana **Côrtes**
Guilherme **Gurgel**
Isabela **Righi**
Joana **Uchôa**
João **Rocha**
Keichi **Maruyama**
Lara **Duarte**
Lari **Nolasco**
LDVC **DMNQ**
Leonardo **Zeine**
Marcus **Couto**
Mariana **Cardoso Carvalho**
Nabylla **Fiori**
Nina **Horikawa**
Pedro **Torreão**
Raphael **Paiva**
Samara **Belchior**
Thay **Kleinsorgen**
Vitória **Porto**

ENTREVISTADO

Jefferson **Tenório**

ORGANIZAÇÃO

Camilo **Gomide**
Leopoldo **Cavalcante**